この限りある世界で

小林由香

双葉社

この限りある世界で

装丁　bookwall

【中3女子、教室で刺され死亡　殺人未遂容疑でクラスメイトを逮捕】

26日午前9時45分ごろ、神奈川県横浜市の市立中学校から「教室内で生徒が刃物で刺された」と110番通報があった。

駆けつけた救急隊が、倒れていた同校に通う3年生の穂村マリアさん（15）を病院に搬送したが、間もなく死亡が確認された。死因は胸や腹を複数回刺されたことによる出血性ショック。神奈川県警は、殺人未遂容疑で、刺したとみられる女子生徒を現行犯逮捕した。

捜査関係者によると、現場となったのは校舎3階の教室で、穂村さんと逮捕された女子生徒は同じクラスだったという。凶器の包丁は、加害生徒が事前に用意し、校内に持ち込んだとみられる。

今後、県警は容疑を殺人に切り替え、慎重に事件の経緯などを調べる方針だ。

◇二〇二一年——秋

チョコレートを舌の上でゆっくり溶かすように、人間の生き血を味わう連続殺人犯——。

刊行前のミステリ小説を読み終えた途端、全身の筋肉が弛緩していくのを感じた。まだ慣れていないせいか、初稿を読むときはいつも軽い緊張感に包まれる。

私は肩や首筋を指で揉みほぐし、高く腕を伸ばしてストレッチした。

物語の中を漂っていた心が、ゆっくり現実に引き戻されていく。長い夢から覚めたような心境だった。

「今年の受賞作は、話題になるかもしれませんね」

その声に顔を向けると、正面の席の同僚と視線がぶつかった。

岸颯真は意味深長な言葉を残し、パソコンのモニターに目を戻した。そのまま無言でキーボードを打ち鳴らしている。自分から話しかけてきたくせに、どうやら詳しい説明はしてくれないようだ。

私は冷めた紅茶を一口飲んでから訊いた。

「受賞作って、『シルバーフィッシュ文学賞』のこと?」

颯真は「只今、予感が当たっているかどうか検索中です」と独り言のように答え、マウスを動かしている。時折、彼は要領を得ない話し方をして、先輩編集者を困らせていた。

この文芸編集部は、編集長を筆頭に、副編集長と十名の編集者で構成されている。今は昼時で、ふたりしかいないせいか、颯真は肩の力が抜け、寛いだ雰囲気を漂わせていた。彼は部員たちの中でいちばん歳が若く、私よりひとつ下の二十七歳。文芸編集部の所属歴は颯真のほうが長い、年下の先輩だった。

去年の四月、『小谷莉子殿、文芸編集部での勤務を命じます』という辞令が出て、私は電子書籍編集部からこの部署に異動することになった。

颯真はさっと顔を上げると何か確信を得たのか、勝ち誇ったように口を開いた。

「やっぱり、今年の受賞作は話題になると思います」

先月、第四十八回シルバーフィッシュ文学賞の受賞作が発表されたばかりだった。

シルバーフィッシュ文学賞は、私が勤める文高社が主催する小説の公募新人賞で、応募資格は新人であることのみ。広義のエンターテインメント長編小説を募っていた。数多ある新人賞の中でも歴史は古く、これまで多くの人気作家を輩出し続けている。受賞作は決まって映像化されるため、世間からの注目度の高い賞でもあった。

今回、一次・二次選考を経て、三次選考に進んだ作品は十作。その中から最終選考に進めるのは五作。どの作品を残すかは、文芸編集部の編集会議で検討された。

そして最終選考に残った五作を審査するのは、四名の選考委員たち。選考委員は現役作家や文芸評論家が担い、彼らによって受賞作が決定する。

今年の受賞者は、二十三歳の青村信吾(あおむらしんご)――。

受賞作のタイトルは『プラスチックスカイ』。特殊能力を持つ少女の苦悩と葛藤を描いた物語だった。

初めて『プラスチックスカイ』を読み終えた後、私は原稿を見つめたまま放心した。心が哀しみで震えていたのだ。そのとき、この作品は読者の記憶に深く刻まれる、可能性を秘めた本になると強く感じた。物語の舞台は特殊な設定だったが、登場人物たちが抱える苦悩が痛いほど伝わってくる内容で、思わず彼らに手を差し伸べたくなった。

おそらく他の編集者たちも魅了されているはずだと信じていた。けれど、意気込んで臨んだ編集会議の席で『プラスチックスカイ』を推す者はひとりもいなかった。予想外の展開に驚いたが、私は編集者としての経験も浅く、自分の判断に自信が持てず、青村の作品を強く推せずにいた。

会議は進み、四作まで絞り込まれた。そしてあと一作を決める段になったとき、怯(ひる)んでいる心に反して、私の身体は勝手に動いていた。まっすぐ手を挙げていたのだ。

批判を浴びてもかまわない。どうしても『プラスチックスカイ』の魅力を伝えたい。一読者として、胸に迫ってくる場面、既視感のない描写、痛みを伴う台詞を踏まえ、気づけば恥ずかしいほど熱弁していた。

颯真の「残りの六作なら、僕も青村信吾さんの作品がいいと思います」という賛同の声が後押しになり、最終候補作に選出された。

編集会議の結果からも、受賞に至るのは難しいだろうと悲観的な気持ちが燻(くすぶ)っていたが、選考委員に選ばれたのは他でもない、青村の『プラスチックスカイ』だった。

あの作品が世に出る。そう思った瞬間、編集会議で勇気を出して発言してよかったという気持ちと同時に、自分の感覚は間違っていなかったという実感が湧いてきた。文芸編集部に異動後、初めての成功体験。この経験は編集者としての自信にも繋がった。

受賞作決定後、上司からの進言もあり、私は青村の担当編集者になったのだ。


颯真の「話題になる」という言葉に不可解な感触が残り、私は率直に尋ねた。

「どうして今年の受賞作が話題になるの？」

「昨日起きた『中三少女刺殺事件』に関して、SNSで騒いでる人がいたんです」

「どういうこと？　うちの新人賞が、その刺殺事件と何か関係あるの」

「Twitterのタイムラインに流れてきたんですけど、中三少女刺殺事件の犯人がシルバーフィッシュに応募していたみたいなんです。『ムホウ』というタイトルを覚えていますか？」

「それって……最終候補作に残っていた作品だよね」

「そうです。その落選した作品を『メザソウ』にアップしているようで」

颯真は腕を伸ばし、「これ、加害者のユーザー名」と言って、メモ紙を差し出してくる。『美しい月』と書いてあった。

私は検索し、小説投稿サイト、メザソウにアクセスする。

メザソウは誰でも無料で自作の小説を投稿できるサイトだった。掲載している小説が人気を集め、編集者に才能を見出されて小説家としてデビューした人もいる。

サイトの検索窓に、『美しい月』と打ち込む。一件、ヒットした。タイトルは『ムホウ』。強張る指でマウスを動かし、プロフィール欄に目を走らせていく。

〈第四十八回シルバーフィッシュ文学賞、最終選考で落選。哀しいので明日、人を殺します〉

これは――犯行動機？

それとも、メザソウに投稿したのは本人ではなく、誰かの悪戯だろうか――。

颯真が声を上げた。

「メザソウの投稿作品は、ウチの応募作と内容が一致していますね」

底のない沼へ引きずり込まれるような不安が心に宿り、胸が騒ぎ始めた。拍動を強める心臓に急かされるように、今度は小説が掲載されているページにアクセスする。

〈人間は法では縛れない。国際法も無意味だ。それは歴史が証明している〉

見覚えのある冒頭――。

私は応募原稿を取り込んだパソコンから、『ムホウ』のPDFを開いた。たしかに、最終選考に残った作品の冒頭と完全に一致している。すぐさまメザソウに投稿した日を確認する。

十月二十五日――。

視界が揺れ、すっと体温が下がった気がした。

中三少女刺殺事件が発生したのは、十月二十六日。つまり、『ムホウ』が投稿されたのは、事件の前日ということになる。

私は手帳を取り出し、過去のスケジュールを確認した。

文高社が発行している文芸誌に、青村の『プラスチックスカイ』が掲載されたのは先月の九月で間違いない。受賞作は文芸誌に全文公開されたが、落選作はどこにも載っていないはずだ。それらを考慮すると、メザソウに投稿した人物は、『ムホウ』の内容を知っていた人間に絞られる。

作品の内容を知っているのは、新人賞の選考に関わった人間、もしくは応募者しかいない。とはいえ、関係者の誰かがメザソウに応募作を投稿したとは考えにくい。そんなことをしても責任を問われるだけで、何のメリットも生まないからだ。

メザソウのプロフィール欄に書かれていた内容を思い返すと、投稿者は事前に刺殺事件が起きるのを知っていた人物に限られてくる。やはり、加害者本人が投稿したという仮説が濃厚だ。

応募作の『ムホウ』は、編集者たちから高評価を受けた。選考委員からも「文章が巧みで、リーダビリティも高く、物語の展開に破綻がない。人物造形・描写も的確」と絶賛された。そのうえ、十五歳という筆者の年齢に誰もが驚愕した。

最終選考会でも『ムホウ』を推す選考委員が多くいたが、ミステリ作家の前島静江が強く反対し、議論を重ねていく中で他の選考委員も彼女の意見を受け入れ、受賞には至らなかった。

私は心を鎮め、応募原稿に添付してあったプロフィールシートを表示した。

本名は、遠野美月。年齢は十五歳。学校は横浜市立星嶺中学校――。

ポータルサイトを表示し、検索窓に『中三少女刺殺事件』と打ち込み、最新のネットニュースに目をとおした。

未成年が起こした衝撃的な事件だったせいか、マスコミは煽情的な報道を繰り返していた。昨日、作家との打ち合わせの席でも話題になったばかりだ。そのときは紅茶を片手に、自分とは無関係の遠い出来事として語り合っていた。

事件が起きたのは横浜市の市立中学校、三年二組の教室。被害者は十五歳の穂村マリア。加害者の少女は、被害者とクラスメイトだったという。

発生時刻は、午前九時四十五分。警察関係者によれば、一限目の授業の終了を知らせる呼鈴が鳴り、休み時間に入ってから事件が発生したようだ。

加害者はスクールバッグから取り出した包丁を片手に、教室の隅で友だちと談笑していた穂村マリアに近寄った。クラスメイトの眼前で被害者を前から刺し、悲鳴が響き渡る中、加害者は倒れている穂村マリアに馬乗りになり、包丁を振り下ろした。クラスメイトの証言によれば、加害者は被害者を四回刺した後、薄（うっす）ら微笑んでいたという。

すぐに病院に搬送されたが、傷は臓器を貫くほど深く、穂村マリアは出血性ショックで死亡した。加害者は逃げる様子もなく、警察の指示に素直に従ったという。

その後、加害者は殺人の疑いで、身柄を横浜地方検察庁に送られた。調べに対し、少女は「私がやりました」と容疑を認めているようだが、動機については黙秘しているという。

小説の投稿サイトには〈第四十八回シルバーフィッシュ文学賞、最終選考で落選。哀しいので明日、人を殺します〉と書いてあった。

それが動機なら、なぜ黙秘しているのだろう――。

颯真は眉根を寄せ、不服そうな声を出した。

「加害者は十五歳か。少年法の改正後、刑事処分の対象年齢が十四歳以上に引き下げられたけど、まだ中学生だから逆送はされないでしょうね」

重大事件の場合、少年事件であっても、家庭裁判所が成人と同じ刑事処分が妥当であると判断すると、検察に送られることになる。これを逆送というが、颯真はそうならない、つまり起訴はされないだろうと踏んでいるのだ。

不安が膨れ上がってきて、私は尋ねた。

「もしもメザソウに投稿したのが加害者本人だとしたら……犯行に及んだのは文学賞の落選が原因だと思う？」

加害者の処分よりも、動機のほうが気になった。プロフィール欄に書かれていた内容が真実なら、騒動が起きるのは目に見えている。受賞作の担当編集者は、他の誰でもなく私自身なのだ。

颯真は投げやりな口調で答えた。

「そんなこと言い出したら、落選した七百人近くが殺人犯になりますよ。いくら未成年でも人の命を奪うなら、もっと他の理由があると思うけどな」

「たとえばどんな？」

「それは……追い詰められていて『相手を殺さなければ、自分が殺られてしまう』みたいな」

ドアの開閉音が耳朶を打ち、反射的に視線を向けると、桐ケ谷恭一郎がスマートフォンを眺めながら室内に入ってくるところだった。

颯真は、すかさず緊張を孕んだ声で隣席の先輩に挨拶した。

「お疲れさまです」

私も同じ言葉をかけると、桐ケ谷は自席に座りながら聞き覚えのある言葉を放った。

「今回の受賞作、話題になるかもな」

桐ケ谷は四十三歳、文芸編集部の古株だ。同僚に対しては物言いがきついところもあるが、作家たちからは絶大な信頼を寄せられている。仕事は丁寧でミスも少なく、作品に対する指摘も具体的で、実際に彼が担当した作品はどれも評価が高かった。

去年、文芸編集部に異動後、私は桐ヶ谷が担当しているベテラン作家の何人かを受け持つことになった。彼らの誰もが前任者の仕事ぶりを褒めそやしていたので、異動して間もなくは重圧を感じながら仕事に勤しんでいた。

勢いよくドアが開くと、今度は険しい表情の編集長が室内に駆け込んでくる。

「颯真と小谷、すぐに会議室に来てくれ」

怒気のある口調で言い、編集長は奥の部屋に姿を消した。

ふたりで顔を見合わせ、会議室に足早に向かった。ノックしてからドアを開ける。編集長は窓際の椅子に座って待っていた。

「もしかして中三少女刺殺事件に関することですか」

ドアを閉めてから颯真が深刻な声で尋ねると、編集長は深い溜息をついてから答えた。

「その件で警察から連絡があった。ネットでも噂になっているようだが、加害者はシルバーフィッシュに応募した作品をメザソウに投稿したと証言しているそうだ。警察から、ウチの応募作とメザソウの投稿作品が一致しているかどうか確認したいと言われた」

「それって……事件の犯人は、シルバーフィッシュの最終選考に残っていた応募者だったってことですよね」

颯真が核心を突くと、編集長は眉根を寄せて首肯(しゅこう)した。

「さっき四階のデスクに呼ばれて確認したら、加害者の名前は遠野美月だった。応募時のプロフィールの本名、年齢、住所、学校名もすべて一致した。本人で間違いないだろう。明後日、刊行する『週刊文高』で記事にするそうだ」

四階に入っているのは、『週刊文高』編集部――。

一気に緊張が高まり、私と颯真は放心したように言葉を失っていた。

文高社が発行している週刊文高は、スクープ記事、政治、経済、事件など多方面に渡る内容を掲載している週刊誌だった。今はインターネット上で囁かれている噂に過ぎないが、もしも週刊誌に掲載されたら世間は大騒ぎになるだろう。

「ちょっとマズくないですか？　加害者がシルバーフィッシュに応募していたという事実も掲載するってことですよね。選考委員の先生たちも騒動に巻き込まれるかもしれませんよ」

颯真が青ざめた顔で言うと、編集長が腕を組んで苛立った声を上げた。

「これから四階に行って、どんな記事になるのか確認してくる。今はネット社会だ。報道関係者が実名を公表しなくても、加害者の名前が出回るのは時間の問題だろう。本名が判明すれば、連動するようにシルバーフィッシュに応募していたこともわかる。だが、うちから記事が出るまでは一切口外しないでほしい」

二ヵ月前、文高社のサイトや文芸誌でシルバーフィッシュ文学賞の最終候補作が発表された。遠野美月はペンネームを使用していなかったので、加害者を割り出すのはそれほど難しい作業ではないだろう。

編集長は緩慢な動きで立ち上がると、疲れた表情で言葉を発した。

「颯真は前島先生にフォローの連絡を入れてくれ。前島先生はまったく悪くないが、もしかしたら『厳しい評価を下した自分のせいで、今回の事件が起きたかもしれない』と胸を痛めてしまう恐れがある」

颯真の「はい」という返事が響いた後、編集長はこちらに視線を移した。

「小谷は、受賞者の青村信吾さんの対応を頼む。同じように事件との関連を気に病んでしまう心配もあるからな」

「でも、彼も関係ないですよね」

私がそう言うと、颯真が神妙な面持ちで口を開いた。

「さっき匿名掲示板のシルバーフィッシュ文学賞のスレを確認したら、かなり荒れてました。クソみたいな匿名台風が来て、青村さんが叩かれてます」

叩かれる？　今回の事件に彼は無関係のはずだ。

不穏な予感を抱えながら会議室を出て自席に戻ると、検索窓に『シルバーフィッシュ文学賞スレ』というキーワードを打ち込んでいく。

会議室から出てきた編集長は詳しい説明は省き、昼食から戻ってきた部員たちに指示を出した。

「今、中三少女刺殺事件について総務に電話が殺到しているようだ。編集部にもかかってきたら『個人情報が関係しているので詳しい内容はお話しできません』で通してくれ」

編集長が退室すると、颯真はキーボードを打ち始めた。事件について検索しているのだろう。

私も匿名掲示板に目を通そうとして、手を止めた。

一通、メールが届いている。送信者は青村信吾。会って話がしたいという内容だった。来週の月曜、午後三時に会う約束をした。

＊

午前中に溜まっていた事務作業を終わらせてから会社を出ると、秋の風が肌を撫でた。少し肌寒さを感じてジャケットのボタンを留め、人混みを縫って最寄り駅まで歩を進めていく。

ホームに滑り込んできた有楽町線の車両に乗り込むと、空いている扉付近の座席に腰を下ろした。私はすぐに鞄からスマートフォンを取り出し、定められた義務のように中三少女刺殺事件について検索し始める。

表示された内容を目で追っていると、気になるサイトを発見した。

嫌な予感を覚えながらも画面に指を這わせ、『中三少女刺殺事件の加害者について』という見出しをタップする。予想どおり、サイトには加害者の個人情報が掲載されていた。

クラスメイトが提供したのか、実名だけでなく、制服姿の美月の写真まで載っている。指で拡大してから、彼女の顔を眺めた。殺人とは無縁の大人しそうな雰囲気の少女。事件について知らなければ、何の変哲もない中学生にしか見えなかっただろう。

次に匿名掲示板のシルバーフィッシュ文学賞のスレを表示する。前回確認したときよりも胸が痛むような言葉がずらりと並んでいて、思わず溜息がこぼれた。

〈もし加害者がシルバーの受賞者だったら、クラスメイトは殺されてなかったかも〉

〈両方読んだけど、完全に遠野美月がWinner〉

〈クソみたいな作品に負けたら、人を殺したくもなるよね〉

〈受賞したのは青村だけど、作品は完全に負けてた。もしかしてコネ？〉
〈もしコネなら、俺は絶対にシルバーには応募しない〉
〈お前が応募しなくても問題なし〉
〈どこで加害者の作品を読めるの？〉
〈メザソウ。ユーザー名『美しい月』〉
〈見る目のない選考委員、特に前島静江、叩かれて反省してくださいな〉
〈オレなら遠野の作品を買う。迷わず買う。青村はいらない〉
〈前島の評価って意味不明だし、独善的で苦手〉

書き込んでいるのは、もしかしたら落選した者たちかもしれない。顔が見えなければ、人間はここまで暴言を吐けるようになるのだろうか。彼らの中には、文芸誌に掲載された青村の作品を読まずに叩いている者もいるかもしれない。

もしもこの世界に物書きの神様がいるなら、匿名で汚い言葉を綴る彼らを受賞させることはないだろう。そう思わなければ、憤りが鎮まらなかった。

画面を殴りつけるようにタップして、心無い言葉を視界から消した。

大泉学園駅に到着し、ホームに降り立った。エスカレーターに乗って改札まで向かっていく。目的地に近づくほど、鞄がずっしりと重くなっていく気がする。

改札を抜け、南口を出てから交通量の多い大通りを進んだ。しばらくしてから細い路地に入り、十分ほど歩いていくと、二階建ての一軒家が見えてくる。クリーム色の外壁、そこが青村の家だった。

一年前、父親を病気で亡くして以来、青村は、母親の慶子とふたり暮らしをしていた。打ち合わせで青村家を訪れるたび、慶子はケーキやクッキーを焼いてもてなしてくれる。彼女はとても気さくで面倒見のいい人柄だった。

通常、打ち合わせはカフェなどで行うことが多い。もしかしたら、編集者を自宅に招くのは青村なりの優しさなのかもしれない。慶子はお菓子作りが大好きで、誰かに食べてもらえるのを楽しみにしていたからだ。

深呼吸をしてからチャイムを押す。ほどなくしてドアが開き、青村が顔を覗かせた。いつもなら笑顔の慶子が出迎えてくれるので、少し戸惑いを覚えた。

こちらの心情を読み取ったのか、彼は気まずそうに口を開いた。

「すみません。今日は母がパートでいなくて……」

リビングに入ってから詳しい話を聞くと、慶子は週に四日、惣菜屋で働いているという。

「早く就職して母に楽をさせてあげたいのに、なかなかうまくいかなくて……」

彼はテーブルに紅茶やクッキーを並べながら恥ずかしそうに言った。

「今は就職も厳しい時期ですよね。これから単行本の刊行に向けて、加筆修正する時間も必要ですから、就職活動はゆっくりがんばればいいと思います」

無難な言葉を口にした後、胸が微かに波立った。

本が売れない時代、新人賞を受賞しても作家を続けていくのは難しい。このままがんばれとは言えず、就職活動を勧めてしまう自分が情けなくて、うまく笑顔が作れなくなる。

今年の三月、青村は大学を卒業し、四月から旅行会社に就職する予定だった。けれど、不況のあおりを受け、業績が急速に悪化し、入社直前に内定を取り消されてしまったようだ。その後、就職活動に励むも内定はもらえず、苦しい日々を送っていた。

以前、シルバーフィッシュ文学賞の最終選考会が終わった後、青村に電話で受賞したことを伝えると、思いもよらない言葉が返ってきた。

――突然、入社直前に内定を取り消され、就職活動をがんばっても不合格ばかりで、自分にはなんの価値もないと思っていたんです。でも、受賞の連絡をもらえて……本当に生きていてよかった。

ただ素直に喜んでもらえると考えていたので、彼の言葉は責任という重量感を持って、自分の胸に痛いほど響いた。これから私は、彼の担当編集者になるのだ。作家としてのよき第一歩を踏み出してほしい。その手伝いがうまくできるだろうか――。

初めて新人賞作家を担当することもあり、希望と不安が綯い交ぜになっていた。

青村は正面のソファに腰を沈め、テーブルの隅に置いてある原稿に目を向けた。まるで他人の原稿を眺めているような、距離感のある眼差しだった。表紙に印字されているタイトルは『プラスチックスカイ』。シルバーフィッシュ文学賞の受賞作だ。

『プラスチックスカイ』は、少年ココと少女ルルの物語だった。

十五歳の頃、ココは家族を事故で失った。それ以来、彼は森の中にあるログハウスで、ひとり静かに暮らしていた。ココが他者と関わりを持たなかったのは、右頬にある大きな痣が原因だった。村の人間は、彼の赤黒い痣を悪魔の象徴だと恐れ、忌み嫌っていたのだ。ココはその苦悩を小説に綴り、ひとり孤独に堪えてきた。

一方、旅人のルルは森の中で迷子になってしまう。夕闇が迫り、途方に暮れて歩いているうち、彼女はログハウスを発見し、縋るように駆け寄った。ドアを叩いて助けを求めてみるも、中に人の気配はなく、鍵は開いていた。

森は真っ暗な闇に包まれている。暗闇が苦手なルルは、ログハウスの中に入り、家主が戻るのを待つことにした。

家具の少ない殺風景な部屋を見回していると、丸テーブルの上に書きかけの小説があることに気づいた。ルルは小説が好きだった。時間が経つのも忘れて夢中で読んでいると、ドアが開き、買い物から帰宅したココが現れた。

咄嗟に、ココは買い物袋を落とし、右頬の痣を両手で覆い隠した。けれど、ルルは痣を目にしても恐れることはなかった。彼女は左手でモノや人に触れると、すべてプラスチックに変えてしまう不思議な能力を持っていた。ルルも人々から恐れられ、ひとり孤独に旅を続けていたのだ。

ふたりで過ごすうち、ルルは、ココが本気で小説家を目指していることに気づき、応援したいと思うようになる。少女は少年を励まし、ついに物語は完成する。けれど、悪魔の痣を持つ少年という悪い噂が広がり、ココの作品が日の目を見る機会は訪れなかった。

孤独なふたりは、次第に心を蝕まれ、社会に対し不信感を募らせていく。やがて彼らは、この世界に蔓延る『理不尽な悪』をすべてプラスチックに変え、ハンマーで打ち砕いていこうと決意する。悪事を働く村長、同じ村人を騙す村人、子どもを殺した犯人をプラスチックに変え、打ち砕く。次第にふたりは善悪の区別がつかなくなり、少しでも気に入らないものを発見するとプラスチックに変えていくようになった。

村から次々に人やモノが消えていく中、少年は自分の気に入らないものをすべて消し去っても、心は虚しいままだと気づくようになる。その後、ふたりは意見の相違から言い争い、仲違いしてしまう。怒りを抑えられないルルは、ココに向かって左手を伸ばす。けれど、少年は一歩も動かなかった。哀しそうに涙をこぼす彼の姿を目にしたルルは、翌朝、そっと村から姿を消した。

突拍子もない設定だが、彼らが何を許せないと思い、なぜプラスチックに変えようとしたのか、その動機や気持ちが丁寧に描写され、深く胸に残る作品になっていた。読後、しばらく物語から抜け出せなくなったのは、ふたりの怒りが誰の胸にも潜んでいる哀しみに起因していたからだ。

一方、美月の作品『ムホウ』は、十七歳で家族を皆殺しにされた少年の半生を描いたものだった。頭脳明晰な主人公の名はハルト。満月の夜、ハルトの家族は何者かによって惨殺された。ひとりだけ生き残った彼は、家族を殺した犯人を恨んでいた。けれど、多くの痕跡がありながらも、未だに犯人逮捕には至っていなかった。

ハルトから辛い過去を打ち明けられた者たちは、彼に深い同情を寄せるようになる。やがて成人したハルトは『満月殺人事件』という書籍を刊行し、ベストセラー作家になる。その後、『被害者遺族・ハルト会』を設立し、刑罰の厳罰化を求める人間たちに強く支持され、講演会などの依頼も受けるようになり、活躍の幅を広げていく。

ハルトに同情を覚えたのは、担当編集者の桑田も同じだった。桑田は独自に一家殺人事件の犯人を特定しようと奔走するようになる。けれど、真犯人にたどり着いた桑田は、ハルトによって殺害されてしまう。

かつて家族を殺害した犯人は、ハルト自身だったのだ。満月の夜、彼は再び桑田殺しという犯罪に手を染め、優雅にワインを飲むシーンで物語は終わっていた。

最終選考会では、美月の作品を推す声が大きかった。けれど、前島静江が「なぜハルトが両親だけでなく、仲のよかった弟まで殺害したのか、最後まで彼の思いを見つけることができなかった」と強く反対した。文芸誌の選評には、「非道な悪人にも、彼らなりの理由があるはずだ。たとえ、それが世間には理解されないものだったとしても」という言葉が掲載されていた。


カタンという音がして顔を上げると、いつの間にかテーブルに一冊の週刊誌が置いてあった。先週発売されたばかりの週刊文高だ。発売後、文芸編集部にも電話が殺到し、対応に追われたせいで、表紙を目にするだけで疲弊してしまう。

その週刊文高には、中三少女刺殺事件の加害者がシルバーフィッシュ文学賞に応募していたという内容が掲載されている。他にも、メザソウに投稿したのは加害者本人だったという事実や、取材で得た新情報なども報じていた。

「新人賞の受賞を取り消してもらってもかまいません。もちろん、賞金も返します」

唐突に青村から投げかけられ、私は堪らず真意を探るように訊いた。

「どうしてそんなことを仰るんですか」

「文高社さんに……ご迷惑をおかけしているような気がして」

改めて彼の顔を確認すると、少しだけ痩せたようにも見えた。目の下には青黒いクマが滲んでいる。もしかしたら眠れない日々を過ごしているのかもしれない。

彼は息を吸い込み、声を振り絞るようにして言葉を吐き出した。

「中三少女刺殺事件の加害者は、最終選考に残った遠野美月さんなんですよね？　みんな遠野さんの作品のほうが優秀だって評価しているから……僕の受賞を取り消してもらってもかまいません」

「みんなとは、誰のことですか？」

「ネット上に書き込んでいる人たちです」

「もしかしたら書き込んでいるのはひとりだけかもしれませんよ」

「どういう意味ですか」

「同じ人間が、他人のふりをして何度も書いている場合もあります。しかも誹謗中傷しているのは青村さんの友だちでも、大切な人たちでもない。そんな人間の言葉、気にする必要はないですよ」

　私の言葉が何も心に響かないのか、彼は目をそらして唇を噛みしめている。

　重苦しい沈黙が降り、時間だけが過ぎていく。

　編集長に「青村信吾さんの対応を頼む」と言われたときは、それほど重く捉えていなかった。作家の心が折れそうになっているとき、ベテランの編集者はどのように対応するのだろう。このままでは溝が深まっていく気がして、呼吸を繰り返すたび切迫感が衝き上げてくる。

　優秀な編集者とは、たった一言、作家を奮い立たせるような言葉を伝えられる人なのかもしれない。そんな魔法の台詞はどれだけ探しても見つからず、悪い空気に呑まれるように、こちらの気持ちも沈んでいく。

　青村は覚悟を決めたように顔を上げると、震えを帯びた声で確認した。

「あの事件は、僕が受賞したから起きたのでしょうか」

「それは違います」

「どうして断言できるんですか」

うまく答えられず、適切な言葉さえ見つからない。どう返答すればいいのか。さっきから自分は表面的な言葉ばかり投げている気がして、焦りが胸を焼く。

私は腹に力を込め、どうにか口を開いた。

「もしかりに落選が原因でクラスメイトを殺害したとしても、青村さんが責任を感じる必要はありません。あなたに非はないからです」

「ネットの書き込みで前島先生まで悪く言われてしまって……悔しくて、申し訳なくて、自分が情けなくて……」

「前島さんは、どんな状況になっても、『プラスチックスカイ』を選んでよかったと胸を張ってくれる方です」

青村は思い詰めたように目を伏せて言葉を吐き出した。

「今までは気づかなかったけど、作家さんって、みんな強いんですね。ひどい書き込みをされても、動揺しないで物語を創作できる強さがある」

「そんなことはないですよ。もちろん、世間の声なんて気にならない人もいるかもしれない。でも、悔しい言葉に出会ったとき、反論もせず、歯を食いしばって、必死に原稿と向き合っている作家も多くいると思います」

編集者という職業を忘れ、私は同じ人間として言葉を紡(つむ)いだ。「もしかしたら傷ついた心を隠して、胸を張っている人もいるかもしれません。幼い頃は少し転んだだけで泣き出してしまうこともあった。でも少しずつ成長していくうちに、涙は見せないようになる。泣くのは悪いことではないけれど、痛くても笑顔を続けられる美しさもある。傷ついた頃の自分を知っている人は、いつか弱っている人に肩を貸すこともできる。その強さを武器に、懸命に物語を創作している作家もいると思います」

「全力で書いても……誰にも伝わらないかもしれない。刊行してもみんなに貶されるだけかもしれないから不安で……」

「難しいことかもしれませんが、他人の目を気にするのはやめませんか。世界中の人間に向けて書かなくてもいい。たとえ貶されたとしてもかまわない。この世界には、ただひとりに向けて書かれた物語があってもいいと思っています。それは自分自身に向けて書いた作品でもかまわない」

青村は殴られでもしたかのように、目を見開いた。

戸惑った顔を見つめながら、私は本音を口にした。

「三次選考に進んだ十作の中で、読後も胸を掻き乱し続けたのは、青村さんの作品だけでした。私には原稿が輝いて見えた。だから、どうしても応援したいと思ったんです。刊行後、かりに世間から叩かれたとしても、私は大声で『それでも、これは青村信吾が書きたかった物語なんだ』って、胸を張って笑ってやります」

青村は潤んでいる目を隠すように、さっと顔を伏せた。

沈黙を挟んだのち、彼は原稿に手を伸ばすと、自分のほうへ引き寄せた。その手が微かに震えているのに気づき、居た堪れない気持ちになる。

「中学の頃からシルバーフィッシュや他の新人賞に応募してきたけど……何度も落選して、やっと最終選考に残って、だから……」

少しだけ瞳に輝きが戻り、彼が口を開こうとしたとき、テーブルの隅に置いてあるスマートフォンが鳴り出した。上半身をびくりと揺らした青村の目には、怯えの色が混じっている。やむことのない雨のように、着信音は鳴り響いていた。

嫌な直感が大きくなり、私は尋ねた。

「出ないんですか」

青村は左右に目を走らせたあと、スマートフォンに手を伸ばし、スピーカーフォンにしてテーブルに置いた。

『コネで受賞したというのは本当ですかぁ?』

卑しい質問のあと、下卑た笑い声が鼓膜を刺す。電話は一方的に切れた。

「大学のとき、文芸サークルに所属していて……」

青村は頰に笑みを刻み、言葉を重ねた。「文芸サークルのメンバーの多くは、文学賞に応募していました。昨日、サークルのメンバーだった前田君から連絡があったんです」

「どんな連絡だったんですか」

「電話では……僕を心配するふりをしていました。でも、彼から『コネで受賞したのは本当なの?』って尋ねられたんです。その後、知らない人から気味の悪い電話が掛かって来るようになって……彼は関係ないかもしれないのに、僕の電話番号を知っているのは友だちくらいなので、どうしても疑う気持ちを抑えられなくて苦しくて……」

疑心暗鬼に陥っているのだろう。誰もが怪しく思え、敵に見えてしまうのかもしれない。

青村は萎縮した様子で続けた。

「昨日の夜、中三少女刺殺事件の加害者の自宅が動画サイトにアップされていました。もうじき僕の家にも来るんじゃないかと思ったら怖くて、眠れなくなってしまって」

私はこれまで今回の状況を甘く見積もっていたのかもしれない。青村に会うまでは、ここまでひどい状況になっているとは想像もできなかった。動画配信者の中には、再生回数を増やしたいがために不謹慎な動画をアップする者もいる。未成年の殺人事件も一種のイベントだと捉えている人間も存在するのだ。


社に戻ると、心配そうな顔つきで颯真が声をかけてきた。

「青村さんは、大丈夫でしたか？」

「やっぱり、ネットの書き込みを気にしているみたい。それに悪戯電話もかかってきているみたいで……」

それを聞いた桐ケ谷は鼻で笑うと、呆れたような声を出した。

「作家に向いてないのかもな。今の時代、ネットにひどい言葉を書かれたくらいで心が挫けるなら、傷が浅いうちにやめたほうがいいんじゃない」

私が睨めつけると、桐ケ谷は涼しげな顔で視線をそらした。

作家の前では絶対に口にしない本音。それを社内では平然と言い放つ。これが編集者を長く続けられるコツなのだろうか――。

よく考えれば、建て前だけでは社会の荒波を渡っていけないのも事実だ。そのうえ、これまで編集者を続けてきた彼の言葉にも一理あるような気がした。そう感じた直後、もうひとりの自分が、本当にこんなことで挫ける人間は作家になるべきではないのだろうか、と問いかけてくる。

自分が目指すべき編集者とはどのようなものなのか。何を大切にして仕事をするべきなのか。考えはぐらぐら揺れ動き、目の前が霞んでいく。

場の空気が悪くなったのを察知したのか、颯真が明るい声で言った。

「前島先生は、加害者に対してブチ切れていましたよ。『人を殺して、くだらない言い訳してんじゃないわよ』って」

「さすが、前島さん」

桐ケ谷が感嘆の声を上げると、颯真が眉根を寄せて口を開いた。

「でも、ひとしきりキレた後、小声で『被害者のことを思うと心が痛む』って言ってました」

前島静江の作品は、根底に優しさが溢れている。彼女の作品を読んでいると、愚かな人間に対しても、彼らなりの想いがあるはずだと考え抜き、気持ちを汲み取ろうとしている姿勢が見受けられることが多い。そんな作品を書く人が傷つかないはずがない。おそらく、担当編集者に迷惑をかけないように気丈に振る舞っているのだろう。それを実行に移せるだけの経験と強さが彼女にはある。けれど、デビュー前の新人作家にそれを求めるのは酷なのかもしれない。

パソコンを立ち上げると、青村からメールが届いていた。

先程、打ち合わせをしたばかりなのに――。

慌てて『小谷莉子さま』から始まる文面に目を走らせる。どうやら打ち合わせのときは可能に思えたことが、いざ原稿に向き合ってみると、予想以上に難しい作業だと気づいたようだ。物語の辻褄が合わない箇所を修正してみるも、また新たな問題が発生してしまうという。メールには『実力がない』という自らを卑下する言葉も並んでいる。

　思わず頭を抱え込んでいた。文芸編集部に配属されてから担当を任された作家たちは、みんなベテランだった。編集者が作品に対して難しい指摘を投げても前向きに修正案を提示し、原稿を仕上げる。けれど、新人作家に伝え方を間違えると、作品に対する指摘を、自分自身へ向けられた叱責だと受け取り、凹んでしまうこともあるのだ。心が深く沈めば連動するように筆も止まり、物語を創り出すのは難しくなるだろう。

　作家の発想や想いを大切にしながら、より読者に届く作品に導くためにはどうすればいいのか――。どれほど考えても明確な答えは見つけられず、苛立ちと強い挫折感に苛まれた。

「当たり前だけど、新人賞はボランティアじゃない。多額の費用をかけているんだ。一作くらい世に出して、少しでも費用を回収してよ」

　桐ケ谷の正当な嫌味が胸を抉る。言い返す言葉も見つからない。

　自席から心配そうに見ていた編集長が声を上げた。

「物は考えようだ。この不穏な流れを好機と捉えて、世に良作を送り出せばいい。『プラスチックスカイ』はコネで受賞したわけじゃない。それは小谷自身がいちばんわかっているはずだ。あの物語は読者の記憶に残る、胸を打つ作品になる」

「僕も同感です。前島先生はすごいですよ。だって、犯罪者の作品を選ばなかったんだから」

颯真の意見に、桐ヶ谷が反論した。

「そういう考え方は好きじゃない。作家の私生活や人間性はどうでもいいだろ。命を削って書いていますとか、そういうパフォーマンスはいらない。とにかく面白い作品を創り出してくれる、根性のある作家と仕事がしたい」

私が抗議の意を視線に込めると、颯真が慌てて口を開いた。

「厳しいなぁ。そんな『どうでもいい』って、断言するのはどうかと思いますよ」

彼の軽い口振りが、場の空気を少しだけ和らげた。

逐一、先輩編集者の態度に苛立つ自分より、颯真のほうがはるかに優秀だ。

文高社に入社して以来、私は文芸編集部を希望していたが、最初に配属された部署はファッション誌の編集部だった。そこで二年勤務し、電子書籍編集部への異動辞令が出た。

去年、念願の文芸編集部への異動が決まったが、実際に配属されてみると憧れが強すぎたのか、自分の編集者としての実力と現実とのギャップに悩みは尽きなかった。

桐ヶ谷が席を外すと、颯真が小声で話しかけてくる。

「人間性はどうでもいい、って言っていましたけど、僕は殺人犯と仕事をするのは怖いな。だって、クラスメイトを刺したあと、薄ら微笑んでいたんですよ。そんな人とふたりで打ち合わせなんて、拷問じゃないですか。作品にダメ出ししたらキレられるかもしれないし、危険手当が出ても嫌ですよ」

先程の青村の言葉が耳から離れなかった。

――あの事件は、僕が受賞したから起きたのでしょうか。

文学賞の落選が原因で人を殺す人間がいるとは思えない。かりに、それが犯行の動機だとしても、なぜ穂村マリアを被害者に選んだのか疑問が生じる。たまたま恨んでいた相手が身近にいて犯行に及んだのか——。

いくら想像を掻き立てても真相は藪の中だ。それでも答えを探し求めてしまう。頭を目まぐるしく回転させていると、私の口から独り言がもれた。

「どうしてクラスメイトを殺害したんだろう」

「小谷さんって、犯行動機が気になるタイプですか」

「気にならないの？」

「現実の世界では、物事を深く考えるのが苦手なんです。だから物語が好きなのかも。最後まで読めば犯人の心情がわかるから」

「殺害の動機が存在しない物語もあるよね」

「そういう作品に会うと、『お前は理由もなく、どうして殺したんだよ』って叫びたくなっちゃいます。もしかしたら……人間を嫌いになりたくないのかもしれない」

颯真は珍しく神妙な面持ちで続けた。「昔、前島先生は『私は、悪人の気持ちを書きすぎているのかもしれない』って悩んでいる時期があったんです。でも、僕はそういう作風が好きだし、応援したいって思ってます」

きっと、颯真は前島静江と相性がいいのだろう。小説には、正しい答えは存在しない。明確な答えのない分野に挑むときは、潔さと覚悟も必要だ。作家と編集者、ふたりが信じている世界を大切にし、想いを込めて作品を創り上げるしかない。

自分も他人の目を気にせず、青村と一緒に最高の『プラスチックスカイ』を完成させればいいのだ。誰に何を言われても恐れずに、「それでも私たちは、この物語が面白いと思いました」、そう断言できる作品を創り上げる。その先に物語を支えてくれる読者が現れるかもしれない。ひとり、ふたり、支持する声が重なり、波が生まれる。それは出会ったこともない読者が作り出してくれる大きな波だ。

腕を広げ、作家と肩を組み、いちばん最初に小さな波を作るのは編集者だ。そして願いを込め、バトンを渡すように、営業の人たちに物語を託すのだ。

第一走者が怯えていては何も始まらない。叱咤する声が胸中で響くと、陰鬱な気分が少しずつ晴れ渡り、徐々に胸の奥から力が漲ってくるのを感じた。

*

十一月十五日、横浜地方検察庁は、殺人と銃刀法違反の疑いで、美月を横浜家庭裁判所に送致した。送致を受けて、横浜家庭裁判所は二週間の観護措置を決定したという。

事件の捜査は真相解明に向けて着実に進んでいる。けれど、匿名掲示板のシルバーフィッシュ文学賞のスレは、相変わらず美月の話題で混沌としていた。

〈青村の作品は、遠野美月の小説に負けてるのに単行本になるの？〉

〈コネなんだから刊行されるだろ〉

〈文高社、涙目。殺人犯の作品を選んだほうが話題になったのに〉

〈俺は青村の作品のほうが面白かったと思うよ〉
〈本人登場。青村、オツカレ〉
〈今頃、他社が遠野美月に声をかけてるだろ〉
〈そうかな。人殺しの本なんて出したくないはず〉
〈誰が書こうが面白ければ正解。金を払うのは読者なんだから〉
〈とにかく審査員の見る目がゼロってことでOK？〉
〈最終選考に残った作品、全部アップして、俺らが審査すればいいんじゃない？〉
〈特に前島は使えないもんね〉

打ち合わせに向かう電車に揺られながら、小さな画面を見ていると吐き気がしてくる。鞄の中にスマートフォンを突っ込み、封印するようにファスナーを閉じた。

事件から三週間が過ぎても、未だに匿名掲示板には、くだらない書き込みが垂れ流されている。その影響もあるのか、数日前、メールで進捗状況を確かめてみると、青村の反応は芳(かんば)しくなかった。原稿の修正作業が滞っているようだ。

突然、車両が激しく揺れ、乗客たちのどよめきと同時に『急停車します。ご注意ください』という自動アナウンスが響いた。

急ブレーキがかけられ、電車は不快な音を立てて動きを止めた。

事故だろうか？

周囲に目をやると、怪我をしている乗客はいないようで胸を撫で下ろした。

私は慌てて腕時計を確認する。

午後四時半。約束の時間の三十分前。あと一駅で目的地に到着するのに、電車はしばらく動きそうもない。連絡しなければ——。急いでスマートフォンを取り出そうとするが、焦ってしまってうまく鞄が開けられない。それでもどうにか取り出すと、打ち合わせの相手、北条伸介（ほうじょうしんすけ）の携帯電話の番号をタップする。

北条伸介は時間に厳しい作家として有名だった。桐ヶ谷から引き継いだときも、「絶対に約束の時間に遅れるな」と何度も言われた。スマートフォンを耳に当てる。呼び出し音が続くが一向に繋がらない。留守電にもならない。一旦電話を切ってショートメッセージを入れ、再度電話をかけてみたが、やはり繋がらなかった。

外に出られたらタクシーに乗れるのに——。

電話が繋がらないのなら、方法はひとつしかない。

桐ヶ谷の携帯電話の番号を選択する。二（ふた）コール目で『はい』という硬い声が響いた。

「申し訳ありません。北条さんとの打ち合わせに向かっている途中、電車が停まってしまって、約束の時間に間に合わないかもしれません。本当にすみません。北条さんとも連絡が取れなくて」

『場所を教えて』

叱責の言葉で殴られると構えていたので、一瞬、何を訊かれているのか理解が追いつかず、口から「え?」という間抜けな声がもれた。

『打ち合わせの場所を教えて』

いつもの苛立った雰囲気ではなく、早急に対応しようとしている冷静さが窺えた。打ち合わせの場所と時間を伝えると、桐ヶ谷は一言も苦言を述べず、『代わりに行く』と言って通話を切った。

私はしばらく奥歯を噛みしめ、スマートフォンを眺めていた。今、桐ヶ谷はどこにいるのだろう。打ち合わせの時間に間に合うだろうか――。

電車は動き出す気配もなく、座席を見回すが、腰を沈められる場所はひとつも残っていなかった。孤独と自分の不甲斐なさが押し寄せてくる。

少しして、電車が急停車した理由が判明した。人身事故だったようだ。

現場を目撃した人が『年配の男性が線路に飛び込んだ。やばい、トラウマ』とTwitterでつぶやいていた。喜ばしいことなどひとつもないのに、『年配』という言葉に安堵している自分がいた。人身事故だとわかった瞬間、なぜか生気のない青村の顔が頭に浮かんできてしまったのだ。

結局、一時間ほど車両の中に閉じ込められ、駅に着いたときには午後五時半を過ぎていた。桐ヶ谷にメッセージを送ってみるも返信はなかったので、約束の場所まで急いだ。カフェに入り、二階も含めて隅々まで店内を確認していく。ふたりの姿はどこにも見当たらなかった。

打ち合わせが終了したのか、それとも場所を移動したのだろうか。桐ヶ谷からの連絡もなく、次にどうするべきか判断がつきかねた。

足がだるい。会社までの道のりが遠く感じられた。スマートフォンに連絡はないか何度も確認しながら歩道を進んだ。一歩踏み出すたび、どうしようもない脱力感が心身を覆っていく。それでも鞄を握りしめて歩き続けた。

文芸編集部のドアを開けると、自席に座っている桐ヶ谷の姿が目に入った。

彼は真剣な面持ちでパソコンに目を向け、キーボードを叩いている。予定外の仕事を入れてしまったせいで、本来の業務が滞っているのかもしれない。情けなさと申し訳ない気持ちでいっぱいになる。

室内を見回した。こんな日に限って外出している者は少なく、編集部員の多くが席に着いている。私は腹をくくり、まっすぐ桐ヶ谷の机まで向かった。

「ご迷惑をおかけして、申し訳ありませんでした」

深く頭を下げてから顔を上げると、桐ヶ谷は飄々(ひょうひょう)とした調子で言った。

「大丈夫。久しぶりに北条さんと話ができて楽しかったから」

その返答に少し安堵したが、桐ヶ谷の視線はパソコンに向けられたままだった。忙しそうな雰囲気を感じ取り、私がもう一度頭を下げてから自席まで歩き出そうとしたとき、抑揚を欠いた声が飛んできた。

「北条さんから担当を代えてほしいって言われた。さっき編集長と相談して、また俺が担当することになったから」

真偽を確かめたくて編集長の顔を見ると、気まずそうに口を開いた。

「あまり気にするな。この前、俺が渋滞に巻き込まれて遅れたときは、作家から『いま読んでる本が面白いので、ゆっくりで大丈夫ですよ』って言ってもらえたんだけど、北条さんは厳しいからなぁ。仕方ないよ」

完全に自分のミスだ。振り返れば、桐ヶ谷から貰った引き継ぎノートには、何よりも大きな字で『北条さんは遅刻厳禁！』と書かれていた。口頭でも幾度も説明を受けた。万全を期して、もっと早く社を出るか、タクシーで向かえばよかったのかもしれない。

担当を代わることに関して、文句を言える筋合いではなかった。ただひとつだけ確認したいことがあり、私は思い切って尋ねた。

「遅刻が原因ですか」

「何のこと？」

「担当を外された理由です」

「まぁ、そうなんじゃないかな」

普段から桐ヶ谷は歯切れの悪い言い方はしない。おそらく、遅刻だけが原因ではなく、別の理由があったのだろう。

編集部員たちはそれぞれ原稿を読んでいるが、聞き耳を立てているのが伝わってくる。これ以上、ここで理由を深掘りする勇気はなかった。同僚の面前で、自分の欠点を耳にするのはあまりにも辛くて苦しい。

自席に腰を下ろした途端、徒労感が増し、目の奥が熱くなる。

「小谷さんに非はないですよ。寝坊とかじゃないんだし、運が悪かったんです」

颯真は痛ましげに顔を歪め、小声で続けた。「電車の遅延で怒るのは、ちょっと厳しいですよ。あの人、打ち合わせの席でスマホを出しただけで不機嫌になるみたいです」

もしかしたら敢えて癖のある、難しい作家ばかり宛がわれているのかもしれない。真偽は定かではないが、最近、文芸誌が廃刊になるという不穏な噂が社内に流れている。実際、売り上げも芳しくなく、ページ数を削減されているのも事実だ。そのうえ、文芸編集者になりたい社員は後を絶たないのに、椅子の数は限られている。

桐ケ谷は、私を文芸編集部から追い出したいのかもしれない。そんな邪推をしてしまうほど心の状態は悪化していた。

作家の心が狭すぎる。遅延した電車が悪い。苦しんでいたのかもしれないが、運転手や乗客の気持ちも考えられず、線路に飛び込んだ人間が悪い――。

なぜだろう。どれほど責任転嫁の対象を捻り出しても、心は少しも軽くならない。羞恥と惨めさが胸に込み上げてくるばかりだった。

顔を上げて明日のスケジュールを確認すると、午後三時から青村との打ち合わせが入っていた。これまで何度か電話でも打ち合わせを行ってきたが、原稿の修正はうまく進んでいるだろうか――。

もう匿名掲示板を覗く気力もなく、届いているメールの返信に意識を集中した。

午後二時過ぎの車両には、ほとんど人影はなかった。

あと何回この電車に乗れば、作品が完成するのだろう。

車窓から流れる景色を眺めていると、桐ケ谷の声がよみがえってくる。

――新人賞はボランティアじゃない。多額の費用をかけているんだ。一作くらい世に出して、少しでも費用を回収してよ。

ベテラン作家の担当を外され、青村の作品も刊行できなければ、もう文芸編集部に身を置くことはできないかもしれない。与えてもらったチャンスを、自分は活かせなかったのだ。次はどこの部署に異動になるだろう。

——作家に向いてないのかもな。今の時代、ネットにひどい言葉を書かれたくらいで心が挫けるなら、傷が浅いうちにやめたほうがいいんじゃない。

桐ヶ谷に投げられた言葉ばかりが、頭を埋め尽くしていく。

青村にやる気と能力がなかったと切り捨てれば、自分の立場を固守できるかもしれない。けれど、青村はそうではない。嘘をついて保身に走れば、胸の中にある正義は砕け散り、自分を心から愛せなくなる。

青村は子どもの頃から本が大好きだったという。

幼少期、両親が交代で絵本を読んでくれたのが、本を好きになるきっかけになったようだ。小学生の頃は、図書館の本を端から読み漁り、不幸な結末を迎える物語に出会うたび、自分なりに修正して、ハッピーエンドに書き換えていたという。

そんな彼が大人になり、描いた作品はハッピーエンドとは呼べない物語だった。けれど、深く読み込めば、主人公の少女、ルルが村から姿を消したのは、少年ココへの愛情だったのではないかと察せられた。気に入らないものをすべてプラスチックに変え、粉々に打ち砕いた後、少女は何が本当に大切なのか気づいたのかもしれない。

授賞式の日、なぜ『プラスチックスカイ』というタイトルにしたのか尋ねると、青村は緊張した面持ちで「空だけは、プラスチックに変えられなかったからです」と返答した。けれど、ルルがもうひとつプラスチックにできなかったものがある。それは、いちばん身近にいた人物。この物語は少女が少しずつ成長し、少年への愛に気づく物語でもあるのだ。

青村を励ましながら、必ず完成させよう。匿名の暴言は覆らないかもしれないが、きっと読者の心に届く作品になるはずだ。

いつものように大泉学園で下車すると、南口から出て青村家まで向かった。

今日は慶子も家にいるようなので、手作りの美味しいお菓子が食べられるかもしれない。黒糖で作る彼女のお菓子は、どれも優しい味がする。

青村家に到着し、インターフォンに手を伸ばしたとき、勢いよくドアが開いた。私は慌てて身を引く。

飛び出してきた慶子は、青ざめた顔でまくし立てた。

「お願い、助けて、早く助けて」

彼女は裸足だった。虚ろな目で「助けて……二階、助けて……」と口にしている。

私は玄関に足を踏み入れ、靴を脱ぎ捨てて階段を駆け上がった。

二階には三部屋あるようで、奥の部屋のドアだけが開いている。廊下を走り、開放されているドアから室内に入ると、不快な異臭が鼻を衝いた。

目に飛び込んできたのは、扉が全開になっているウォークインクローゼット。細い洗濯紐が、ハンガーパイプに結ばれていた。その下に、男性が倒れている。すぐ傍にはハサミが転がっていた。

私は一歩近づいて、足を止めた。

外界の音が遠のき、恐怖心に搦め捕られ、身体が凍りついたように動かせなくなる。

絨毯の上に倒れている青村の首は長く伸び、少し傾いていた。耳の奥から心臓の打つ音が響いてくる。口が渇き、声が出せない。息苦しくなり、どうにか呼吸を続けた。

遠くから救急車のサイレン音が近づいてくる。

窓際の机のモニターに目を移すと、『検証サイト・シルバーフィッシュ文学賞はコネだったのか？』というタイトルが目に飛び込んでくる。少し視線を下げたとき、キーボードの近くにライトブルーの便箋が置いてあるのに気づいた。

固まっている足を前へ踏み出し、便箋を見下ろした。けたたましいサイレン音と鼓動音が重なり、便箋の文字がぐらぐら揺れる。

文高社さま

みなさん、ごめんなさい。許してください。

僕には作家になる力がありませんでした。それなのに新人賞を受賞してしまい、申し訳ありませんでした。

小谷さん、親身になって向き合ってくださり、ありがとうございました。とても嬉しかったです。それだけは信じてください。

僕の作品が受賞したせいで事件が起きたなら、プラスチックスカイを刊行する資格はありません。

みなさん、ごめんなさい。ごめんなさい。

青村信吾

◇二〇二二年――春

「ウサギが、クマを殺した」

最初に発言したのは、十五歳のミキだった。

彼女は声を上げた後、素早く左右に目を走らせ、少し頬を赤らめている。きっと、とても勇気を必要とする行為だったのだろう。ミキの肩は緊張で強張っている。

私は教壇に立ち、七人の少女たちの顔を見ながら柔和な声で質問を投げた。

「ウサギとクマは、どちらが強いと思う？」

ミキがもう一度、「白石先生」と言いながら手を挙げたので、彼女を指名した。

「たぶん、クマのほうが強い。でも、クマはまだ子どもだったの」

ミキが答えると、すかさず十六歳のマドカが片頬を歪めて言った。

「子どもだとしても、クマのほうが強いでしょ」

険悪な空気を消すように、私は笑顔で尋ねた。

「ウサギが、自分よりも身体の大きなクマを倒す方法は何かないかな」

ミキは逡巡するように瞼を伏せ、しばらく頭を抱えて唸っていたが、ぱっと顔を上げると嬉しそうに口を開いた。

「クマが崖から景色を眺めているの。その後ろからやってきたウサギが、クマの背中を飛び蹴りして、崖からクマを突き落とした」

室内に「ウサギが飛び蹴りって、ウケる」という嘲笑が広がる。

私はすぐさま生徒たちの嘲り（あざけり）を掻き消すべく大声で賛同した。

「なるほど。それなら物語が成立するね」

ミキに笑顔を送ってからペンを手に取り、ホワイトボードに物語を簡潔に綴っていく。


崖から景色を眺めている子どものクマ。

クマの背後から、足音を忍ばせて近寄ってくるウサギ。

ウサギは高くジャンプし、クマの背を飛び蹴りする。

クマは悲鳴を上げ、転がるように崖から落下していく。


「ウサギとクマは、これからどうなると思う？」

先を促すと、ミキの後ろに座っている十五歳のレオナが緊張した面持ちで発言した。

「クマは崖から落ちたけど助かった。でも、頭を強く打って記憶喪失になってるの」

「面白いね。それからどうなる？」私は物語の先を求めた。

「結実子（ゆみこ）先生」

名前を呼ばれて視線を向けると、十四歳のフミカが不安そうに胸の前で小さく手を挙げている。

このクラスの子どもたちは、私のことを苗字、名前、好きなほうで呼んでいた。

「フミカさん、どうぞ」

「崖から落ちたクマは、自分を突き落としたウサギと街で再会する」

フミカの発言を聞いて、レオナが手を挙げながら口を開いた。

「ウサギはびっくりする。でも、クマから『記憶がないんだ。助けてほしい』と言われ、ふたりは友だちになる」

「うわぁ、残酷。それって、友だちになった後、『相手が崖から落とした犯人だ』って気づくパターンだよね」

十七歳のアスカは、沈んだ声で嘆いてから物語の続きを提案した。「クマとウサギがお互いのことを好きになっていたら、もっとエグい状態になって面白くない？」

「それ、かなりいいかも」

みんなの称賛する声が教室に広がっていく。

アスカは気をよくしたのか、誇らしそうな笑みを浮かべ、自分の長い髪を撫でるように触っていた。まるで誰かに褒めてもらっているような仕草だ。

「この物語は面白くなりそうだね」

私も笑顔で賛同すると、生徒たちの顔を見回しながら、それとなく確認した。「もうひとつ、みんなに質問がある。このウサギは、どうしてクマを突き落としたんだろう？」

生徒たちは「理由はなんだろう」、「親を殺されたとか」、「友だちの敵討ち」、「クマの性格が悪いから」と口々に発言している。

この室内にいるのは、家庭裁判所で少年院送致の処分を言い渡された、十四歳から二十歳未満の少女たちだ。頬はふっくらとして、まだ幼い顔立ちだが、覚醒剤、窃盗、詐欺、傷害、虞犯行為、中には人の命を奪ってしまった人もいる。

私は二年前から、狛江市にある『学舎女子学院』で篤志面接委員として、『小説の創り方』を教えていた。

篤志面接委員は、少年院などの矯正施設に収容されている院生の相談に乗り、問題の解決に向けて手助けをする役割を担っていた。他にも、書道、絵画、音楽、茶道、陶芸などを教えている人もいる。このボランティアを引き受けているのは、宗教家、警察のOB、地元の有力者、元教師などが多かった。

私も篤志面接委員を引き受ける前は、四年ほど都立高校で国語を教えていた。今では月に二度、この施設で院生たちと向き合っている。

小説を創ることを通じて、自分自身や他人の気持ちを理解し、共感力や想像力を身につけ、社会復帰してほしいと考えていた。

当初、少年院で授業を行うことは教員経験もあったので、それほど難しく捉えていなかった。けれど経験があったからこそ、初めて彼女たちを目の前にしたときは強い戸惑いを覚えた。院生に質問を投げても一切反応はない。声をかけてみるも、気だるそうに首を傾げるだけの一方通行の授業。不穏な時間だけが流れていく。

相手の心を理解したいと思うなら、一人ひとりの言動をよく見る必要がある。注意深く観察してみたところ、彼女たちは終始、周囲の動向を気にかけ、無関心を装っているように見えた。失敗や人に笑われることを極端に恐れている子が多いのだ。まずは、自分の気持ちを言葉にし、認めてもらえる成功体験を作ることが大切だと実感した。だからこそ、子どもたちがどんな言葉を発しても、口に出してくれたことに敬意を払い、学ぶことの楽しさに気づいてほしいと願っていた。

今では信念を持って活動しているけれど、高校教師をしていた頃は、篤志面接委員という存在さえ知らなかった。

二年前、私が教師を辞めたのは、同僚の住田(すみだ)先生の妊娠がきっかけだった。

同い年の住田先生は懐妊後、妊娠悪阻(おそ)の症状を繰り返し、入院を余儀なくされた。その後まもなく、ある女子生徒が拒食症を患ってしまう出来事が起きた。女子生徒は繊細な心の持ち主で、解決が難しい悩みに遭遇するたび、担任の住田先生に相談していた。休職後、女子生徒がどんどん痩せていく姿を見て、クラスメイトたちも精神的に不安定になり、それを問題視する保護者が現れた。半年後に大学受験を控えていた大事な時期と重なったこともあり、保護者たちから学校側に「途中で担任を降りるなんて無責任だ」という苦情が殺到する事態となった。

ブラックすぎる訴えだと哀しくなったが、心を病んでしまった生徒がいたのも事実で、見通しが甘いと言われると返す言葉が見つからなかった。保護者の中には、不当なクレームはやめようと声を上げてくれる人もいた。けれど多くの親の胸中には、教師失格だという感情が見え隠れしていることに気づいた。この先、子どもを望んでいる自分も生徒たちに迷惑をかけてしまうかもしれない。そう考えると、不本意だが決断せざるを得なかった。私は結婚後、卒業式を待ち、生徒たちと一緒に学校を去る道を選んだ。

あれは学校を辞める三日前のことだった。旅行の土産物を持ってきてくれた元校長の前園(まえその)から

「少年院で篤志面接委員のボランティアに参加してみませんか」という誘いを受けた。風のたよりで、前園校長が罪を犯した子どもたちに関わる仕事をしているという話は聞いていたけれど、まさか私に声がかかるなんて思ってもみなかった。

少年院は高校とは違い、数ヵ月で出院する者も多く、院生の顔ぶれは頻繁に変わるけれど、やりがいのあるボランティアだと勧められた。

教員になりたての頃、右も左もわからない新人の私に、生徒たちとの向き合い方を教えてくれたのは前園校長だった。保護者から苦情が届き、肩を落としているときは優しく声をかけてくれた。ひとりで悩んでいるときは、一緒に解決方法を模索してくれるような面倒見のよい校長でもあった。

苦しいときにあたたかく手を差し伸べてくれた、いわば恩師からの依頼を断るのは気が引ける。けれど未成年とはいえ、凶悪な犯罪に手を染めてしまう子どもがいるのも事実だ。

罪を犯した子どもたちと、自分はしっかり向き合うことができるだろうか――。

心の奥に芽吹いたのは恐怖だった。自分も恐ろしい目に遭うのではないかという怯えが胸に潜んでいたのだ。

そうした負の感情を見抜いたのか、前園校長から「院生が他人に与えた苦しみは、子どもたち自身が受けてきた痛みでもあるんです。大人から愛情をもらえず虐待を受けたり、貧困家庭で育ったりして社会から手を差し伸べてもらえなかった苦しみや怒りを、子どもたちは別の人間へと向けたんです」そう言われたとき、微かに胸に痛みが走った。疚(やま)しい罪を抱えているせいか、私は自分の過去を責められているような錯覚に陥ったのだ。

心の傷から目をそらし、逃げ続けてきた日々――。

篤志面接委員を引き受けたのは、己の罪と向き合う日が来たことを悟ったからだ。


小学五年の夏、ひとりの少女が教室から姿を消した。

倉科朝花というクラスメイトだ。

担任から朝花が亡くなったという話を聞いたとき、教室に衝撃が走った。けれど、休み時間になっても、誰も彼女の話題を口にする者はいなかった。多くのクラスメイトたちが、朝花に対して「汚い」「臭い」「バイキン」「不潔」という言葉を投げつけていたからだ。

私が虐めに参加しなかったのは、優等生で正義感の強い子どもだったからではなく、身の毛のよだつような場面を目撃したからだ。

ある日の放課後、忘れ物を取りに教室に戻ると、朝花がひとり、自分の席に座っている姿を見かけた。窓からは西日が射し込み、彼女を幻想的に照らしていたのを鮮明に覚えている。薄い笑みを浮かべている横顔は、美しい映画のワンシーンのようで、思わず見とれてしまった。

そのとき、何かがキラリと煌めいた。光に誘われるように視線を移した直後、私は慌てて口元を両手で覆った。悲鳴がもれそうになったのだ。

朝花の手には、ナイフが握られていた。西日を受けて、鋭いナイフはきらきらと光を放っている。怖いほど静かな廊下で、悪い想像を掻き立てずにはいられなかった。

あのナイフで誰かを殺害しようとしているのかもしれない――。

恐ろしい場面を目撃して以来、私は周りにクラスメイトがいないのを見計らって、彼女に話しかけるようになった。保身だけでなく、大きな事件が起きないでほしいという思いもあったのだ。そんな願いも虚しく、虐めの雨は朝花に降り続いた。

あれは社会科の授業のときだった。将来の夢を考えるという授業内容で、児童たちは自分の未来について想像した。担任に指名されたクラスメイトは緊張しながら、警察官、医師、弁護士、パティシエ、サッカー選手、アナウンサー、そう口々に発表していった。

教室に新しい夢が溢れるたび、担任は「どうしてなりたいのか」「夢を叶えるためにどんな努力をしているか」などの難しい質問を投げかけた。明確に答えられる者もいれば、なんとなくという曖昧な返答をする人もいた。

担任に指名され、立ち上がった朝花に視線が集中する。その棘のある眼差しをものともせず、彼女は凛々しい声で答えた。

「私は優しい大人になりたいです。なぜなら、いつかお母さんになりたいからです」

朝花がそう口にした途端、教室がざわついた。

周囲から「お母さんって、小さい夢」「つまらない」「誰でもなれるけど」という囁き声が聞こえてくる。負の言葉が重なるたび、胸に疑問が溢れてきた。

優しいお母さんになるという夢は、小さくてつまらない、誰でも叶えられる夢なのだろうか――。そう考えながら、胸を張っている朝花の姿を内心ひやひやしながら見つめていると、担任は困惑顔で訊いた。

「優しい大人とは、どんな人？」

「わかりません」

クラスメイトたちの小馬鹿にしたような笑いが広がる。

朝花は冷笑に撃たれながらも堂々と口を開いた。

「わからないから、大人になるまでにしっかり考えたいと思っています。だって、その意味がわからない人は、子どもに関わるべきではないと思うからです」

一瞬、静寂が訪れた後、不満の声が充満していく。

教室のあちこちから「誰でもなれるのに大げさ」「そんなに自分の夢は素晴らしいものだって言いたいのかな」「難しい夢じゃないのにね」という声が囁かれた。

担任は、朝花からさっと目をそらすと、次の児童を指名した。

当時は気づけなかったけれど、あとで振り返ると担任はクラスで起きている虐めについて感づいていた気がする。大人は解決策を見出せず、子どもは見て見ぬふりを決め込んだのだ。

夢を発表した日の放課後、生き物係だった私は、ウサギの世話を終え、水道で手を洗っているときに声をかけられた。

「きっと、教師になれるよ」

驚いて振り返ると、そこにはランドセルを背負った朝花が微笑んでいた。

本当は将来なりたい職業なんてなかった。けれど、何か答えなければならないという焦りから、私は高校教師になりたいと答えたのだ。当時、好きな俳優が高校の先生役を演じていたのも影響したのかもしれない。中途半端な夢だったから、どう返答するべきか悩んでいると、朝花は嬉しそうに声を上げた。

「結実子ちゃんなら、子どもたちの気持ちを理解できる大人になる。きっと救われる人がいるから」

ナイフを持って微笑んでいた姿が怖くて、朝花に話しかけるようになっただけなのに、彼女はそれを「他人の気持ちがわかる人だ」と勘違いしたのかもしれない。私はその純粋さに胸が痛んだ。

「一緒に帰ろう」

明るい声が飛んできて肩越しに振り返ると、花壇の近くで妹が手招きしている。そのとき、助かったと思った。私は純粋なクラスメイトへの返答が見つからないまま、逃げるように妹の元へ駆け出した。

その夜、朝花はこの世界から姿を消した。

翌朝のホームルームで担任から「昨夜、朝花さんは事故で亡くなりました」と聞いたとき、悪い冗談としか思えなかった。先生まで虐めを始めたのかと思うほど心は混乱していた。

放課後、教室から人が消えても、私はしばらく帰ることができなかった。

朝花の席に目が引き寄せられる。机の中にノートが残っていることに気づいた。廊下側の窓に近寄り、人がいないのを確認してからノートを取り出して広げてみた。肩が震え、息を呑んだ。

似たような言葉が一面にずらりと並んでいる。

〈どうしたらいいのだろう。どうすればよかったのか。どうしたらいいのか〉

亡くなったという現実を受け入れられないまま帰宅すると、テレビに見慣れた場所が映っていた。この近所の風景だ。真実を教えてくれたのは身近な大人ではなく、険しい表情のニュースキャスターだった。そこで朝花は事故ではなく、親から虐待を受けて亡くなったという事実を知った。

最後に彼女が口にした言葉がよみがえるたび涙がこぼれ落ちた。

――結実子ちゃんなら、子どもたちの気持ちを理解できる大人になる。きっと救われる人がいるから。

朝花は家でも学校でも居場所がなかったのだ。どうして自分は虐めを見て見ぬふりをしたのだろう。贖罪の方法も見つけられず、幼い私は口を閉ざし、彼女のいない世界を静かに生きることしかできなかった。

――どうしたらいいのだろう。どうすればよかったのか。どうしたらいいのか。

ノートに記されていた言葉は、いつしか自分の胸から生じる問いかけになっていた。

大人になっても虐待や未成年の事件を見聞きするたび、小さな傷口は広がり、忌々しい記憶と共に疼き始める。それが原因なのか、適当に放ったはずの将来の夢は、いつしか本物の夢へと変わっていった。成長するに連れて、子どもたちの心の痛みに気づける教師になりたいと強く思うようになっていたのだ。けれど、大学四年の教育実習で、教師には向いていないと思い知らされる出来事に直面した。

私は幼少期から怖がりで、臆病な性格だった。いちばん苦手なのは、大人から叱られること。だから勉強の予習復習も欠かさず、他の子どもよりも努力を惜しまない人間になった。その成果もあり、大人たちから褒めそやされることも多く、クラスメイトからも何かと頼りにされた。だが、自分だけは知っていた。優等生の仮面を剝ぎ取れば、臆病な自分が姿を現すことを――。

頑丈に塗り固めた仮面が砕け散ったのは、母校で行われた教育実習のときだった。

私の母校は新宿区にある、東京都立信栄高等学校。久しぶりに見慣れた校舎を目にすると、高校時代の楽しい思い出が脳裏を駆け巡り、懐かしさで胸がいっぱいになった。同時に、これから自分は教師を目指すのだという自覚や責任感が湧いてきた。

信栄高校は私服校だったので、周囲を見回してみるも大学のキャンパスとさほど違いは感じられなかった。とはいえ、廊下を行き来する生徒たちの顔をよくよく観察してみると、話し方や仕草にあどけなさを残していて、微笑ましい気持ちになる。

教育実習の初日はリクルートスーツを着込み、約束の時間の三十分前に職員室に入った。

指導教諭は、私も高校時代にお世話になった国語科の三島先生。気さくな雰囲気の女性教師で、教員歴は二十五年のベテランだ。これまで何度も教育実習の指導教諭を務めてきたという。

「おはよう。今日から二週間よろしくね」

「おはようございます」

私が立ち上がって挨拶を返すと、三島先生はどことなく決まり悪そうに訊いた。

「あら、スーツなの？　暑いから私服でもよかったのに」

彼女はそう言いながら職員室の隅に目をやった。視線の先を追うと、初々しいふたりの若者の姿が目に飛び込んでくる。女性は半袖のカットソーに紺のロングスカート、男性はポロシャツにスラックスだった。

「あのふたりも実習生」三島先生は笑顔で教えてくれた。

どうして私服なのだろう。大学側からは、スーツで行くようにと指示されていた。一ヵ月前、教育実習の打ち合わせをするために学校を訪問したとき、服装について教えてくれる先生は誰もいなかった。もしかしたら、あのふたりは事前に教育実習を経験した先輩から情報を得ていたのかもしれない。

ホームルームが始まる時間になったので、指導教諭と一緒に必要な資料を片手に職員室を出た。廊下を一歩進むたび、鼓動は速まっていく。

三島先生が担任を受け持っているクラスは、二年二組。私も同じクラスを担当することになった。廊下で深呼吸し、教室の扉を開けた瞬間、一斉に視線がこちらに集まる。三十九名の生徒に見つめられ、苦しいほど胸が騒ぐ。

ぎこちない足取りで教壇に立つと、三島先生は生徒に声をかけた。

「これから教育実習をしてもらう先生を紹介します。この高校を卒業した先輩だから、あたたかく迎えてあげてね。それじゃ、挨拶をどうぞ」

私は緊張を押し隠しながら自己紹介を始めた。

「二週間という短い期間ですが、みんなが楽しく学べるような授業をしたいと思っています。がんばりますので、よろしくお願いします」

チョークを手に持ち、黒板に自分の名前を書いていく。筆圧が強かったせいか、途中でチョークが折れてしまい、背後で失笑が広がった。

私は動揺して三島先生に「すみません」と小声で言うと、教壇の近くの席から「マジで可愛い。ふてぶてしい三島先生とは大違い」という男子生徒の声が飛んできた。

「そういう発言をする君の態度がいちばんふてぶてしいんだけどね」

三島先生が呆れ顔で言い返すと、数人の生徒が手を叩いて笑っている。この高校に校則はない。

昔と変わらず自由な校風が売りのようだ。

「先生に質問がある人はいますか」

三島先生が平坦な声で訊くと、ややぽっちゃりとした温厚そうな女子生徒が手を挙げた。

私はすぐに教壇に置いてある座席表に目を向けたが、確認している途中で早口な質問が飛んできた。

「先生、私の名前がわかりますか」

一度顔を上げ、女子生徒の顔を凝視する。頬にえくぼが浮かんでいた。見覚えはないけれど、どこかで会ったことがあるのだろうか。私は再び座席表に目を向け、指を這わせながら名前を確認する。後ろから四番目、右から三列目、強張っている指で確認していると、えくぼの女子生徒の声が耳朶を震わせた。

「初対面なのに、たまにドラマとかで生徒の名前を言い当てる教師とか出てくるから、ちょっと訊いてみたくなっちゃった」

周りの生徒から「期待しすぎ」という声が上がる。言葉とは裏腹に、ほんのわずか教室の温度が下がった気がして額に汗が滲(にじ)んだ。男子二十名、女子十九名。事前に名前と顔を覚えようと思えば可能な数だった。他の教育実習生は、準備期間中にしっかり覚えてくるのだろうか——。

「そういう教師って、ちょっと怖くない？」

突如、いちばん後ろの窓際の席の男子生徒が発言した。薄茶色の髪、くりっとした丸い目、痩身で真っ白な肌をした生徒だった。

えくぼの女子生徒が、色白の男子生徒を見ながら言う。

「たしかに、話したこともないのにこっちの情報を知ってたら、ちょっと引くかも。ちなみに日ノ山静です。先生、よろしく」

「他に質問は？」

三島先生が教壇の奥の窓に背を預けながら面倒そうに訊くと、前列の真面目そうな男子生徒が手を挙げた。

「早川さん、どうぞ」

指名された男子生徒は、身を乗り出して訊いた。

「先生は、どうして教師を目指そうと思ったんですか」

周囲の生徒から「ベタだな」という声が上がる。

私は瞳を輝かせている早川を見ながら、緊張を悟られないように答えた。

「子どもには多くの可能性があると思っています。生徒一人ひとりの個性を大切にしながら成長を見守り、みんなの夢を応援したくて教師を目指しました」

一瞬、早川の顔に翳りが差したように見え、嫌な予感が胸の内で大きくなる。

彼は困惑した表情で首を傾げ、口を開いた。

「それって……冗談ですよね。先生の本当の志望動機は何ですか」

質問の意味が理解できず、私は間の抜けた調子で「本当とは？」と訊き返した。

「その志望動機は、本に書いてあったとおりだったから。うちの姉も教員を目指していて『完全マニュアル・完璧教育実習』という本が家にあるんだけど、そこに書いてあった志望動機とまったく同じだったから不思議で」

教室がしんと静まり返る。どこからか「もう空気読めよ」という声が響いた。

早川は不思議そうな顔で、教室を見回している。彼に悪意はないのだ。

純粋な質問だったと認識した途端、顔が熱くなり、思考が空回りして何も言葉にできなくなる。

早川が言ったのは事実だった。わかりやすい授業がしたくて、生徒に興味を持ってもらえる学習指導案を作ることばかりに気を取られ、志望動機は参考書どおり答えておけばいいと考えていた。だからと言って、学習指導案を完璧に作成できたわけではなかった。

準備期間のほとんどを教材集めと学習指導案の作成に割き、完成度の高いものを仕上げたつもりだったのに、三島先生に提出すると、驚くほど赤字で埋め尽くされて戻ってきた。幾度も添削を繰り返し、完成するまでに多大な時間を必要としたため、他の準備に気が回らなかったのだ。

ちらりと視線を投げるも、三島先生は助け舟を出してくれる様子はない。生徒たちは無邪気な視線をぶつけてくる。自分で乗り越えるしかない。

なぜ教師を目指したのか、心に問いかける。教師を志した理由には、朝花の事件が影響していた。けれど、初日から重い話はしたくないし、生徒たちはまだ高校生だ。小学生のときのクラスメイトの虐め、朝花の身に起きた虐待事件、彼女の苦しみを静観した教育実習生の姿をどう解釈するか想像できない。軽蔑され、実習がやりづらくなるのは避けたかった。

背中が汗で湿ってくる頃、聞き覚えのある声が響いた。

「志望動機を熱く語るタイプって、ちょっと胡散臭くない？」

さっき発言した色白の男子生徒がそう言うと、彼の斜め前の藍色のワンピースを着た女子生徒が口を開いた。

「それ一理あるかも。去年、先輩のクラスを担当した熱血実習生が、生徒の悪口をＳＮＳに書き込んでいたみたいだよ。しかも女子生徒の顔面偏差値を評価していたらしい」

「マジで、最低」

「教師目指す前に人間としてのあり方を学べ、って感じだよ」

　室内に呆れた空気が充満し、苦笑が広がっていく。

　三島先生は姿勢を正すと、神妙な面持ちで言葉を放った。

「教師も人間だからね。まぁ、私も人間としてのあり方を日々、みんなと一緒に学んでいきたいと思っています。とにかく、これからも私たちを優しく見守ってね」

　どこからか「それって、便乗商法じゃん」「俺ら三島先生には、かなり優しいと思うけど」「いつも、どこにいても見守っているよ」「キモい。それストーカー」という笑いを含んだ声が教室を飛び交っていく。

　きっと三島先生は、生徒たちから信頼されているのだろう。自分もこんな穏やかな関係を築けるだろうか――。

　ホームルームを何とか乗り切り、職員室に戻ってから次の授業実習の準備を始めていると、実習生の小日向咲希（こひなたさき）に声をかけられた。互いに軽い自己紹介をしてから、近くに教師がいないのを確認し、情報交換を始めた。

「どうだった、順調？」咲希が小声で訊いた。

「生徒から志望動機を聞かれたんだけど、うまく答えられなくて……小日向さんは大丈夫だった？」

引きずっていたミスを正直に話してから尋ねると、咲希は机に置いてある画用紙を手に取って広げた。画用紙には、咲希の自画像、教師を目指した理由、好きな映画のタイトルなどが並んでいる。

「事前にこれを準備しておいたから、自己紹介はなんとか乗り切れた」

彼女の用意周到さに圧倒され、己の愚かさに腹が立つ。自分は想像力が足りなかったのかもしれない。

私は壁際の席にいる男子実習生の服装に目を向けながら訊いた。

「教育実習のときの服装って、大学の職員から教えてもらったの？」

「違うよ。打ち合わせのときに指導教諭に尋ねたら、涼しい格好でいいって言われた」

なぜ先生は教えてくれなかったのか、そう考えてしまった自分を恥じた。不明瞭なことがあるなら、打ち合わせの段階で自分から質問すべきだったのだ。

躓（つまず）いたのはスタートだけでなく、授業実習も同じだった。

授業実習は三島先生をはじめ、校長や教頭も見学している状態で実施された。教室の後方に並ぶ教師たちの中に、咲希の姿もある。ただでさえ緊張するのに、見学者の多い状況で授業を進めることに戸惑いを隠せなかった。幾度も添削してもらった学習指導案も予定どおりには進まず、生徒たちからの質問を受けていたら時間が足りなくなる。焦りばかりが先行し、口調は早口になり、板書する手は汗ばんでくる。

実習終了後、高校から大学へ評価表が送られることになっていた。見学している教師たちがノートにペンを走らせるたび、悪い評価をされているような気がして怖くなる。教師としての資質がないと判断されるのではないか、不安に蝕まれ、ますます焦燥感が増していく。残り、あと五分。もう時間がない。古典の授業実習は失敗に終わったと思ったとき、予想外の言葉が教室に響いた。

「先生の授業わかりやすくて、かなり面白い」

そう声を上げたのは、窓際の色白の男子生徒だった。その声に賛同するように、他の生徒たちも発言し始めた。

「紫式部が清少納言に嫉妬していたとか、笑える」

「千年以上も前から嫉妬の感情があったのか」

「科学は進化しているのに、大昔から人間の心は変わらないんだよ。可愛らしい生き物だねぇ」

「人の心は、いとおかし」

「いとあわれ」

生徒と教師たちの笑い声が重なり、教室に明るい雰囲気が満ちていく。楽しそうな声を聞いていると、思い詰めていた気持ちが和らいでいった。

チャイムが鳴り、ほっとしたのも束の間、授業実習が終わると同じ失敗を繰り返さないように指導案を修正し、授業時間を短縮する方法を考えなければならない。見学していた教師たちからも、積極的に生徒とコミュニケーションを取るよう指摘され、次の授業にどう反映していくか再考する。

次の時間は現職の先生や実習生が行う授業を見学し、自分に足りないところを反省し、指導方法を学んだ。放課後も自由時間はない。宿題の添削や実習日誌を仕上げ、未経験の部活の指導も担当しなければならなかった。

前もってどのような業務があるのか調べていたのに、実際に経験してみると心身ともに疲弊していく自分がいた。教師はこんなにも業務が多いのかと溜息がもれ、臨機応変に対応できない人間には難しい職業だと感じた。

心をすり減らしながらも、どうにか実習を続けられたのは、ある生徒の存在があったからだ。授業実習で失敗を重ね、気持ちが塞ぎ込みそうになると、決まって教室の空気を変え、心を救ってくれる生徒がいた。だから指導教諭から厳しいフィードバックを受けても前向きに乗り切ることができたのだ。とはいえ、教育実習の最終日を迎える頃には、自信や希望は粉々に打ち砕かれ、本当に自分は教師に向いているのだろうかという疑問も芽生えていた。

放課後、私は実習日誌をまとめてから職員室を出た。気づけば、足は自然に二年二組の教室に向かっていた。誰もいない教室で、今後の進路についてゆっくり考えたくなったのだ。このまま帰宅したら、もう二度と学校には戻れない気がした。

重苦しい溜息を吐きながら廊下を歩いていると、教室の扉の窓から人影が見えた。

まだ生徒が残っているのだろうか――。

最後の授業が終わってから一時間半ほど経っていた。扉を少し開けて、教室を覗いてみる。いちばん後ろの窓際の席に色白の男子生徒が座っていた。彼はシャーペンを握りしめ、何かノートに書いている。

茜色に染められた教室を目にした瞬間、ナイフを片手に微笑んでいた朝花の姿が脳裏に立ち現れ、過去に誘われるように教室に足を踏み入れていた。

男子生徒は人の気配に気づけないほど熱心にシャーペンを動かしている。何を書いているのか気になったけれど、邪魔をするのは悪い気がして踵を返そうとしたとき、彼はさっと顔を上げた。

心臓がどきりと揺れる。彼の鋭い眼差しに気圧され、全身が凍りついた。まるで殺人現場を目撃されたような表情だ。実習中の優しげな雰囲気とはかけ離れていて、言葉が出なくなる。

視線がぶつかったまま、数秒沈黙が流れた。

私は教師らしい言葉を探し、動揺を気取られないように声をかけた。

「まだ帰らないの？」

「急に思いついたネタがあったから」

「ネタって……コメディアンを目指しているの？」

彼は素早く顔を伏せて肩を震わせている。どうやら声を殺して笑っているようだ。意味がわからないけれど、なんとなく笑みを見せてくれたことに安堵している自分がいた。

私が窓際の席に近づくと、彼は細長い指で開いていたノートをパタンと閉じた。

「人を笑わせるのは、かなり難しい行為だから僕には無理です。小説のネタを思いついたから……忘れないうちに記録しておこうと思って」

彼は小声で答えてから、逃げるように視線をそらした。

「もしかして、小説家になりたいの？」

「今のままだと無理っぽいけど」

「どうして」

「小説の新人賞はたくさんあるのに……中一のときから応募し続けても、一次も通過しないから」

「まだ十代なんだから時間はたくさんあるよ」

「十代でも受賞している人はいるから」

こんなとき本物の教師なら、どんな言葉をかけて生徒を励ますのだろう。適切な言葉を探そうとするほど何も言えなくなる。実習中、彼は何度も助けてくれた。恩返しがしたいのに、勇気づける言葉を持ち合わせていなかった。たしかに、人を笑顔にする行為は想像以上に難しいものだと実感した。

彼はバツが悪そうに声を上げた。

「まぁ、ただの夢だから気にしないで」

「想像力が豊かだから、そんなにも優しいんだね」

励ましの言葉ではなく、思わず私の口から本音がもれた。

無事に教育実習を終えられたのは、優しい生徒がいてくれたおかげだ。授業でミスをするたび、彼は教室をあたたかい場所に変えてくれた。それは教育実習生に対してだけではない。よく観察していると、クラスメイトに対しても常に温厚な態度を失わずにいた。

突然、穏やかな記憶を切り裂くように、彼は冷ややかな声を発した。

「何か勘違いしていると思います」

「勘違い？」

「優しいんじゃなくて……どうしても夢を叶えたいから」

意味がわからず、しばらく口を噤んでいると、彼は間を置いてから続けた。

「私生活がめちゃくちゃで最低なヤツだったとしても、胸に響く音楽を創り出すミュージシャンのことを嫌いになれないんです。創り出した音楽がすべてだから。曲や歌詞が最高なら、それでいいと思えるから……でも、自分にはそういう生き方はできないって気づいて」

彼は目を伏せて訥々と言った。「僕は現実が伴わないことは書けないタイプだから、できるだけ優しい人間でありたいんです。この先、人を救うような物語を書きたいなら、まずは自分がちゃんと生きないと描いている途中で恥ずかしくなって……だから、できるだけまっすぐ生きたくて……もしかしたら向いてないのかもしれないけど」

真剣に夢を追いかけている姿に胸を強く打たれた。同時に、教壇に立ち、参考書に記載されていた志望動機を口にした自分が恥ずかしくなる。

「こういう話、バカにされる気がして誰にも言ったことがなかったけど……なんか、先生は夢を叶えるために一生懸命だったから、応援したかった」

誰かを助けようとするときの大人びた表情ではなく、今は高校生の無邪気な笑みを浮かべている。

本当に一生懸命やっていたのだろうか——。

明確な答えは出せないけれど、ひとりの生徒の目にそう映ってくれたことが嬉しかった。失っていた自信を少しだけ取り戻せた気がして、感謝の念が込み上げてくる。

「邪魔して、ごめんね」

本当に残したいのは、そんな言葉ではない。けれど、このまま意味もなく教室に留まることはできなかった。歩き出し、扉に手をかけたとき、なぜか身体が動きを止めた。頭の中に座席表が現れる。いちばん後ろの窓際の席――。

私は振り返って、心の中にある言葉をそのまま投げた。

「いつか夢を叶えてね。青村信吾さんの小説を読むのを楽しみに待ってるから」

次の瞬間、罪悪感が胸を圧迫し、思わず視線をそらしたくなった。目を見開いた青村は、苦々しい面持ちで顔を伏せたのだ。

中学の頃から新人賞に応募していると言っていた。一次も通過しないとも話していた。自分は軽々しく余計なことを口走ってしまったのではないだろうか。それなのに、いつまでも彼の言葉が胸の奥に燻っていた。

――先生は夢を叶えるために一生懸命だったから、応援したかった。

少年院の院生たちに「さようなら」と挨拶をしてから教室を出て、教務課に戻ると、ロッカーの鍵を開けて鞄を取り出した。

「白石さん、もし時間があれば、これから院長室に行ってもらえませんか」

背後から声をかけられ、振り返ると間宮課長が立っている。彼女はいつも薄化粧で、メガネの奥から相手をじっと見つめる癖がある。最初は気難しそうで近寄りがたいものを感じていたけれど、交流を重ねるうちに面倒見のいい温厚な人物だと気づいた。

私はなんとなく不安になり、確認するように尋ねた。

「授業内容に問題がありましたか」

間宮課長は「大丈夫。問題が起きたわけではありませんよ」と目尻にシワを寄せた。

篤志面接委員になりたての頃、院生に対する接し方や基本態度などを教えてくれたのは、間宮課長だった。彼女は院生が出院するたび、そっと目を閉じて「幸せな道を歩んでほしい」とつぶやくようなあたたかい人でもあった。

「白石さん、これからも院生のこと、よろしくお願いします」

朗らかな声で言われ、私は軽く頭を下げた。

教務課を出ると、一抹の不安を覚えながらも廊下の突き当りにある院長室まで向かった。

間宮課長は大丈夫だと言ってくれたけれど、院長に呼び出されるのは初めての経験だったので、どうしても不穏な予感を払拭できなかった。

生徒たちから苦情が来たのではないかと勘ぐってしまう。廊下を進むたび、あれこれ悪い想像が膨らんでいく。

篤志面接委員にはいくつか注意しなければならない項目があり、冊子を渡されて事前に説明を受けていた。

〈相手の話にじっくり耳を傾け、信頼関係を築くこと〉

〈相手を傷つけるような態度は控えること〉

〈相手の尊厳を守ること〉

〈偏見や先入観を持たないこと〉

それらのどれかに違反してしまったのではないだろうか——。

胸苦しさを覚えながら院長室のドアをノックすると、男性の「どうぞ」と落ち着いた声が聞こえてくる。

私は「失礼します」と軽く頭を下げてから室内に入り、ドアを閉めた。

「お忙しいところすみませんね。どうぞお掛けになってください」

長い話なのだろうか、院長に勧められ、私はソファに腰を下ろした。テーブルの上には、灰色のファイルが一冊置いてある。

五十代の院長とは、ほとんど会話をしたことがないので、ふたりの間には独特の緊張感が漂っていた。

「白石さんは篤志面接委員を始めてから、どのくらい経ちますか？」

予想外の質問に、私は瞬きしながら返答した。

「二年ほどです」

「白石さんは教員のご経験もあるので、頼もしい限りです」

私は話の先が読めず、「あぁ、ありがとうございます」という曖昧な返答しかできなかった。

こちらの歯切れの悪さも気にせず、院長は少し身を乗り出すと、秘密を語るように切り出した。

「突然ですが、ソーシャルネットワーキングサービスは活用されていますか」

「SNSのことですよね？　私はまったくやっていません」

「そうですか……実は教えてもらうまで、わたしも気づかなかったのですが、この施設を出院した生徒の何人かがTwitterをやっていましてね」

「まさか、私への不満が書き込まれていたんですか」

教師をしていた頃、学校の裏サイトなどに担任の悪口を書き連ねる生徒がいた。子どもたちの虐めも、ネットリンチという新たな手法が出てきて、職員会議でも議題に上がり、問題視されることが多くあった。最近では教師の失態をこっそり撮影し、動画サイトにアップする生徒もいるようだ。

院長は「心配しないでください」と慌てたように首を振りながら、明るい声を出した。

「不満ではありません。『学舎女子学院にいた私』というTwitterを発見した職員がいまして、そこに白石さんへの感謝が綴られていたんです。それも、ひとりではなく、数人の子どもたちからコメントが寄せられているようで」

話の行き着く先が読めず、私は黙してうなずくことしかできない。こちらの困惑を察したのか、院長は背筋を伸ばしてから言葉を発した。

「ご相談なのですが、もし可能であれば千葉にある『新緑女子学院』の篤志面接委員を引き受けてもらえませんか」

「千葉の……なぜ私に？」

「先日、「Twitterを見た新緑女子学院の次長から連絡がありまして、ぜひ白石さんに受けてもらえないかという打診があったんです」

新緑女子学院――。

たしか、六年前に新設され、殺人など重罪を犯した者が移送されることが多いという女子少年院だったはずだ。なぜそこへ行ってほしいと言うのだろう。

私は不可解なものを感じて尋ねた。

「そちらの施設で何を教えればいいのでしょうか」

「ここで教えている授業と同じ内容でかまいません」

「つまり、小説の書き方を教えるということですか」

「そうです。ただ、向こうでは複数の院生に対して授業を行うのではなく、個別面接の形式でお願いしたいという依頼でして」

篤志面接委員の面接には、一対一の個別で行うものと集団で実施するものがある。一対一で相手と向き合うのは荷が重い気がして、これまで避けてきた。

「あまり難しく考えないでください。いつもどおり小説の書き方を指導しながら、院生の相談役になっていただけたらと思っています」

院長はポケットからハンカチを取り出すと、額の汗を丁寧に拭いている。まだ二月の下旬だ。気温は肌寒いくらいだし、暖房もついていない。

ふいに嫌な予感が走り、私は口を開いた。

「個別面接の相手は、どのような少女なのでしょうか」

「その点に関しましては、これからお話ししようと思っておりまして……白石先生は、去年の秋に起きた中三少女刺殺事件をご存知ですか」

脈が震えるようにトクンと波打った。

去年の十月、十五歳の少女が、クラスメイトの女子生徒を包丁で刺殺するという事件が起きた。殺害現場は中学の教室だったという。

横浜家庭裁判所は鑑定留置を行った後、加害者の少女を第一種少年院送致とする保護処分を決定した。旧法では『初等少年院』『中等少年院』『特別少年院』『医療少年院』の四つに分類されていたが、二〇一五年六月に少年院法が改正され、『第一種少年院』『第二種少年院』『第三種少年院』『第四種少年院』に分類されるようになった。

中三少女刺殺事件の加害者が送致された第一種少年院は、旧法の初等少年院と中等少年院に相当し、心身に著しい障害がない、おおむね十二歳から二十三歳未満の少年が収容される施設だった。

あれほど話題になった事件の加害者を、なぜ私に担当させようと思ったのか疑問が湧いた。

「加害者の子は、新緑女子学院に移送されてから、何か問題があったのでしょうか」

不安を払拭したくて尋ねると、院長は深くうなずいてから答えた。

「少年審判の処分は二月八日に出ましたが、彼女は少年院に送致されてから、考査期間中に書いてもらう課題の作文に取り組もうとしないようなんです。現在、職員も困り果てている状態でして」

少年院に送られてきた者たちは、オリエンテーションや健康診断を受けた後、単独寮で生活する考査期間に入る。この期間に事件に至った経緯、被害者に対しての気持ち、どのような行為が問題だったのか、それらを作文に綴り、内省する時間が設けられる。その考査期間を通して、職員たちは教育目標などを決めていくのだ。

少年審判の前に家庭裁判所の調査官も調べているが、少年院でも改めて家庭環境や成育歴、事件の経緯などに関する面接調査を行っていた。

私は胸に芽吹いた違和感を口にした。

「処分が出たのは二月八日……。つまり、彼女は二週間以上も課題の作文を拒否しているということでしょうか」

「そのようですね。検査の結果、パーソナリティ障害もなく、知力にも問題はない。むしろ知能は非常に高い。しかも、彼女は事件の数ヵ月前に有名な文学賞の最終選考に残っているのですが、何か胸につかえているものがあるのか、課題の作文に向き合おうとしないようなんです」

「なぜ書かないのか、という問いかけに対しては、本人に理由を尋ねてみたんですか」

「その問いかけに対しては、口を噤んで答えないそうです。しかし、文章を書くのが苦手なのかどうか質問すると、『小説を書くのは好きです』と返答する。だからこそ、白石さんならうまく導いてあげられるのではないかと期待しているんです」

作文と小説は違う。架空の物語は得意でも、実際に起きた事柄や自分の想いを交えて描くことを苦手とする人もいる。

彼女の場合は、何が原因なのだろう——。

このまま課題に取り組まなければ、出院は難しくなる。

少年院に入院した者たちは、まず『三級』に編入される。課題や行動訓練を通じて内省し、各段階の更生目標に取り組んで達成できるよう努力し、進級審査を経て『二級』『一級』と進み、出院していく流れになっていた。

刑期が決められている刑務所とは違い、少年院は改善が認められて進級できなければ出院することができないのだ。送致された子どもたちの誰もが、早く出院したいと願っている。それなのに、彼女はどうして課題の作文に取り組もうとしないのか——。やはり同じ疑問に行き着いてしまう。

院長はテーブルのファイルを手元に引き寄せてから口を開いた。

「先ほども言いましたが、去年、加害少女は小説の新人賞であるシルバーフィッシュ文学賞の最終選考に残りました。白石さんはご存知でしたか？」

「施設の職員の間でも噂になっていたので知っています」

「その作品は、最終選考で落選した。しかし、事件の前日、彼女は小説投稿サイトに自分の応募作を掲載したんです」

私は長い溜息を吐き出してから口を開いた。

「彼女は小説の書き方を知っているので、私がお役に立てることはないと思います」

院長はファイルの中から紙の束を取り出した。

「今は掲載されていたサイトから削除されたようですが、当時、職員がプリントアウトしたものです。もしよかったら、読んでみてください」

タイトルは『ムホウ』。私が紙の束に手を伸ばすと、院長は苦々しい面持ちで言った。

「どのように申せばいいのか……書き方を教えるというよりも、面接を通して課題に取り組めるよう導いてあげてほしいんです。もちろん、アプローチの仕方はどのようなものでもかまいません」

一週間前、妊娠が判明し、最近は悪阻の症状が見られるようになった。学舎女子学院の篤志面接委員を辞めようと考えていた矢先の依頼だったので、私は答えに窮してしまう。

篤志面接委員を引き受けたとき、夫はひどく心配していた。院生の中には人の命を奪ってしまった人物もいるからだ。前園校長から聞いた話を伝え、危険な場所ではないことを理解してもらい、篤志面接委員を引き受けることにした。けれど、妊娠が判明してから、夫の態度は再び硬化した。大事をとって辞めてほしいと言われたのだ。もしも続けるならば、これから話し合いを重ねなければならない。

考えなければならない問題は山積みなのに、私の口から出たのは断りの言葉ではなく、具体的な質問だった。

「期間はどのくらいなのでしょうか」

「三月から八月までの半年間、月に二度の面接を希望しているそうです」

先日、産婦人科の待合室で、一冊の週刊誌の見出しが目に飛び込んできた。

――中三少女刺殺事件、審判の日。どこまでも続く不幸の連鎖。

私は薄暗いものに引き寄せられるようにマガジンラックから『週刊ミスト』という雑誌を手に取り、書かれている記事を目でなぞった。

横浜家庭裁判所が加害者に対し、第一種少年院に送致する保護処分を決定したという内容が記されている。すべて読み終えてから次のページを捲ったとき、私の手は細かく震え出していた。そこには、シルバーフィッシュ文学賞の受賞者、青村信吾が自死したという記事が載っていたのだ。

青村がシルバーフィッシュ文学賞を受賞したことは知っていた。けれど、亡くなったという事実は知る由もなかった。

破れるほど強くページを捲り、なぜ受賞者が自死へ向かったのか検証している記事を目で追った。青村が受賞したせいで殺人が起きたのではないかという憶測、落選した加害者の作品が受賞作よりも注目を浴びたこと、編集者からの厳しい直しの要求、コネで入賞したのではないかという疑惑、それらの要因が重なり、心を蝕まれていったのではないかという内容だった。

――いつか夢を叶えてね。青村信吾さんの小説を読むのを楽しみに待ってるから。

あの日、青村に投げた言葉が鋭い矢となり、自分の胸に深く突き刺さる。

診察室に呼ばれ、新しい命を宿していると知ったとき心が掻き乱され、唇がわなないた。奥歯を噛みしめ、堪えようとしても涙は止められなかった。

どうして中三少女刺殺事件の加害者は、クラスメイトを殺めてしまったのか。なぜ青村は自ら命を断ったのか――。

加害少女と向き合いたいという思いが込み上げてくる。

子どもがいる友人たちは、お腹の膨らみは五ヵ月頃から目立つようになったと言っていた。半年間、どうにか篤志面接委員を続けられる方法はないだろうか。

自宅のある東京都江東区から千葉県の新緑女子学院までは、電車に乗れば一時間ほどで到着する。二箇所の施設を掛け持つのは難しいかもしれないけれど、新緑女子学院だけならば続けられるかもしれない。けれど、次は集団面接ではなく、一対一で向き合う個別面接になる。

篤志面接委員として、自分はしっかり向き合うことができるだろうか――。

目を閉じると、瞼の裏で茜色に染められた教室の残像がちらつく。

心がぐらぐら揺れ動き、引き裂かれ、分裂していくような奇妙な感覚に囚われた。

どこからか教室の埃っぽい幻臭が漂ってくる。耳の奥から、どうしたらいいのだろう、どうすればよかったのか、どうしたらいいのかという切迫した声が聞こえてくる。

自分に何ができるのか。やれることはあるだろうか。

——結実子ちゃんなら、子どもたちの気持ちを理解できる大人になる。きっと救われる人がいるから。

——先生は夢を叶えるために一生懸命だったから、応援したかった。

朝花と青村の声が交互に、まるでサイレン音のように胸を打ち鳴らす。ここで依頼を断れば、虚しい謎と深い傷が残るだけだ。

幾度となく見る、懐かしくも不穏な夢の映像が立ち昇ってくる。

深い霧が立ち込める公園。大木の根方にひとりの少女がいる。少女はひとり、膝を抱えて泣いていた。霧はどんどん濃くなり、視界が悪くなっていく。私は必死に彼女の腕をつかみ、公園の外へ連れ出そうとする。そこで決まって目覚める、不可思議な夢だった。

私は顔を上げ、込み上げてくる吐き気を噛み殺し、言葉を吐き出した。

「新緑女子学院の篤志面接委員、やらせてください」

◇二〇二一年――冬

ベッドの上で膝を抱え、ぼんやり窓の外を眺めた。

カーテンの隙間から見える空が赤く染まっているので、今は夕刻なのだろう。

今日が何日で、何曜日なのか問われても、もう答えられない。日にちがわかるのは、社会生活をうまく送れている証拠なのだと改めて実感した。

文高社を退社して以来、どんどんわからないものが増えていく。時間の感覚、気温、明日の天気、流行、生きる意味――。

考える時間は山ほどあるのに、思考が暗く淀み、未来への希望をひとつも見つけられないまま時が流れていく。どれほど時間が経過しても、早く忘れたい記憶ほど、いつまでも心に留まり続けているのはなぜだろう。瞼を閉じれば、辛い過去ばかりが鮮明に思い起こされる。

内閣府によれば、この国の中高年の引きこもりは六十万人を超えているというが、二十代の引きこもりはどれくらい存在しているのか――。

少し前までの自分は、彼らに対して嫌悪感を抱いていた。高齢の親に負担をかけ、精神的に自立できない甘えた人間だと蔑み、情けないと切り捨てた。それなのに、今は彼らの心情がよく理解できる。

先月、青村が自殺を図った。あの日、私は彼の母親の慶子と一緒に救急車に乗り込み、総合病院まで向かった。

到着後、二十分ほどで青村の死亡を知らされたとき、自分自身が死亡宣告を受けた気分になり、一瞬、すべての音が消えた。怖いほどの静寂の中、青村を死へ導いたのは、小谷莉子という編集者だったのではないかという声が胸の奥から聞こえてきて、底のない後悔に呑まれた。

慶子と私は、やって来た警察官から廊下の長椅子で事情聴取を受けた。彼女は発見時の状況を、涙をこぼしながらも必死に答えていた。

朝食後、息子から「お昼ごはんはいらない。作品を仕上げたいから、しばらくひとりにしてほしい」と言われ、慶子はその言葉を素直に受け取り、キッチンでクッキーを焼いていたという。打ち合わせの時間は、午後三時。いつもなら十分前にはリビングに降りてくるのに、その気配はなかった。心配になって二階の部屋を見に行ったとき、息子の無惨な姿を発見したようだ。

その後、警察から、慶子ひとりに青村個人のことをさらに詳しく聴きたいと言われたので、私は少し離れた長椅子に移動した。ひとりになると私はスマートフォンでポータルサイトにアクセスし、検索窓に『検証サイト・シルバーフィッシュ文学賞はコネだったのか?』という言葉を打ち込んでいく。それらしきサイトを発見し、殴るようにタップした。

画面に青村の部屋で見たサイトが表示され、瞬く間に怒りが増幅していく。

卒業アルバムの個人写真だろうか、青村のバストアップの写真が掲載されていた。顔は現在と変わらないので、おそらく大学生のときに撮影されたものだろう。

他にもシルバーフィッシュ文学賞の概要、歴代の受賞者、青村と同時期に最終選考に残った者の名前、現在の選考委員、中三少女刺殺事件の内容、コネ疑惑について記載されている。文章は『中三少女刺殺事件の加害者が受賞していれば、もしかしたら殺人事件は発生していなかったかもしれない。果たして青村信吾の受賞は、本当にコネだったのだろうか』という無責任な書き方で終わっていた。

青村が最後に見ていたのがこのサイトだとしたら、あまりにも残酷だ。知らぬ間に、爪が食い込むほど拳を強く握りしめていた。

周囲が騒がしくなり、顔を上げると事情聴取が終わったようだ。

慶子が長椅子から立ち上がろうとしたとき、私は慌てて駆け寄った。彼女がバランスを崩して倒れそうになったのだ。看護師が用意してくれた個室のベッドに慶子を運んだ。

ふたりだけの個室は静けさに包まれ、通夜そのものだった。

息苦しいほどの沈黙が立ち込め、罪悪感から逃れるように目を閉じるも、青村の横たわる姿がフラッシュバックし、心拍数が急速に上がっていく。遺書の文面を思い出すだけで目の奥が熱を孕んだ。

私が未開封のミネラルウォーターを鞄から取り出して差し出すと、慶子は震える手で受け取り、少しだけ口に含んだ。

「息子には大学の頃から付き合っていた彼女がいたんです。レミちゃんという可愛い子で……ふたりは大学の文芸サークルで出会ったようです」

初めて聞く話だったので、どう返答するべきか戸惑い慶子を見つめていると、彼女はひと呼吸置いてから虚ろな目で語り始めた。

「大学時代、レミちゃんはFacebookにディズニーシーに行ったときの写真を投稿していました。息子とレミちゃんが肩を寄せて微笑んでいる写真です。その投稿写真のコメント欄に『シルバーフィッシュ文学賞をコネで受賞した青村信吾の恋人』と書かれたみたいなんです」

「誰がそんな書き込みをしたんですか」

「息子が所属していた文芸サークルの人たちは、小説の新人賞に応募している人も多く、信吾が受賞したことに気づいていたようです。その中のひとりから、中三少女刺殺事件が起きた後、電話がかかってきたようで……連絡後、嫌がらせが始まったみたいです。だから息子は、友だちの中に犯人がいるのではないかと疑っていました」

振り返れば打ち合わせのとき、青村のスマートフォンに嫌がらせの電話がかかってきたことがあった。あのときの自分は受賞作をいかに素晴らしい作品に仕上げるか、そのことで頭がいっぱいで、嫌がらせに対する解決策を考えてあげられなかった。

もしかしたら、検証サイトを作ったのも同じ人物なのかもしれない。けれど、傷ついている母親に追い打ちをかけるようで、サイトのことは口にできなかった。

「息子は内定を取り消されたけど、レミちゃんは四月から大手銀行に就職したんです。会社の同僚とFacebookで繋がっていたみたいで……ひどい書き込みをされて、彼女はとても落ち込んでしまったようなんです」

慶子は悔しそうに顔を歪ませ、声を押し出した。「小谷さん、息子はコネで受賞したのでしょうか?」

「違います。それだけは断言できます」

私は身を乗り出して強い口調で言葉を放った。

その後、青村とレミの関係は悪化し、ふたりは別れることになったという。大切な恋人を失い、就職活動を続けるも不採用が続き、出版に向けての改稿作業も滞り、彼の心は疲弊していったのだろう。

慶子は病院のベッドの上で、何度も同じ言葉を口にした。

「信吾は本当に優しい子だったんです。どうして自殺なんて……なんで……」

優しいからこそ、他人を責めることができず、自らを傷つけてしまったのだろうか——。

青村は他人の痛みを汲み取れる人だった。けれど、その優しさが身近な人を傷つけるのかもしれない。もう本当の優しさの意味さえわからなくなる。

私の手の甲にも涙がこぼれ落ちた。

「やっぱり、物書きの神様なんていないのね」

脈絡のない言葉を投げられて顔を上げると、慶子は悔しそうに続けた。

「あの子、前に『僕は信心深くないけど、この世界に物書きの神様だけはいるって信じてる。だから、どんなに悔しいことがあっても、ネット上に誰かを傷つけるような言葉は書かないって心に誓ってるんだ。物書きの神様に嫌われたくないから』、そう言っていたんです。でも……いないのかもしれませんね」

青村に対するインターネット上の罵詈雑言が脳裏をかすめる。激しい怒りが込み上げてくるのに、私は涙をこぼすことしかできなかった。

慶子は、ぞっとするような柔らかな笑みを浮かべながら言葉を吐き出した。

「あの子、新人賞なんて受賞しなければよかったのに」

私は生涯、その言葉を忘れることはできないだろう。

青村が自死する以前は、『死』をとても遠い存在に感じていた。けれど、今は部屋の隅に転がっているありふれたものに思える。そっと手を伸ばせば、誰でも簡単に触れられる、とても身近な存在——。

青村が自死した翌日から、私は一週間ほど体調を崩し、しばらく家から出ることができなくなった。その間に会社を辞める決意を固めた。十一月の下旬、退職届を提出するため、自宅の最寄り駅から電車に乗り込んだ。

不調を感じたのは、二駅目を通過したときだった。突然、手すりにつかまっている指が痺れたように震え出した。心が乱れ、胸が圧されたように息苦しくなる。視界がぐらりと揺れ、危ないと思ったときにはバランスを崩し、足元がぐらついて床に頭を強く打ちつけていた。

目覚めたときは、病院のベッドの上だった。

たしか、さっきまで電車に揺られていたはずだ。ぼんやり天井を眺めていると、指が痺れ、息が苦しくなり、倒れた——断片的な記憶がゆっくり戻ってくる。

かつて、電車の遅延が原因で打ち合わせの時間に遅れ、作家の担当を外されたことがあった。私が電車の中で倒れてしまったせいで、乗客たちに迷惑をかけていないだろうか。急ぎの仕事を抱えていた人はいなかったか。申し訳ない気持ちでいっぱいになり、枕に涙がこぼれていく。

ふいに、薄いカーテンの向こうから「過換気症候群？　心療内科に診てもらうなんて、莉子はいつからそんなにも貧弱な人間になったんだろう」と憤る父の声が聞こえてくる。たぶん、母にストレスをぶつけているのだろう。

病室の天井を眺めながら、ひどい言葉だな、と少し遅れて気づく。ベッドから出て、父を窘(たしな)めたくても、今の自分にはできない。どうしてこんな状態に陥ってしまったのか、両親に真相を語ることはできなかったからだ。どれほど言葉を尽くしても、誰にも理解してもらえない気がした。もう何もかもが情けなくて、惨めで仕方なかった。

退院後も自宅で療養することになり、もう自分で届けるのは無理だと思い、会社に退職届とIDカードを宅配便で送ることにした。編集長や同僚が連絡をくれても、電話に出ることができなかった。私には謝罪の言葉を口にして、抱えている罪を軽くする資格さえない気がしたのだ。

以前、新入社員が退職届をメールで送り、突然会社に来なくなるという話を聞いたことがあった。あの頃は、非常識だと呆れる思いがした。それなのに、かつて嫌悪感さえ抱いていた人物に、自分がどんどん近づいていく。

文芸編集部に置いてあった荷物は、十二月に入ってから同僚がダンボール箱にまとめて送ってくれた。伝票の依頼主の欄には『岸颯真』と書いてあった。

ダンボール箱は閉じられたまま、部屋の隅で恨めしそうに佇んでいる。会社で使用していたペン、ノート、カレンダー、そのすべてを目にしたくない。

私はダンボール箱から視線をそらし、ベッドに寝転んで目を閉じた。

視界が暗闇に閉ざされると、横たわっている青村の姿が脳裏に立ち現れ、痛みを連れて手紙の文面が鮮やかによみがえる。

文高社さま
みなさん、ごめんなさい。許してください。

僕には作家になる力がありませんでした。それなのに新人賞を受賞してしまい、申し訳ありませんでした。

小谷さん、親身になって向き合ってくださり、ありがとうございました。とても嬉しかったです。それだけは信じてください。

僕の作品が受賞したせいで事件が起きたなら、プラスチックスカイを刊行する資格はありません。

みなさん、ごめんなさい。ごめんなさい。

青村信吾

この手紙を書いたとき、青村の心身はひどく疲弊していたはずだ。それなのに、律儀にも自分の名前を最後に書き残す、彼の生真面目さが切なかった。

先月の十一月二十六日、横浜家庭裁判所は遠野美月に対し、二ヵ月ほど鑑定留置を行うことを決定した。鑑定留置とはパーソナリティ障害など、精神的な疾患を調べるために行われるものだった。

加害者は、精神的におかしくなっていたのだろうか――。

そんな人間が小説投稿サイトに自分の作品を掲載し、〈最終選考で落選。哀しいので明日、人を殺します〉というコメントを残せるだろうか。しかも、彼女は翌日、予告どおり犯行に及んだのだ。

冷静に計画を立て、実行に移している印象がある。犯行当時、加害者に責任能力はあったはずだ。あの少女が愚かな行為に走らなければ、青村は生きていたかもしれないという悔しい思いが頭をかすめる。けれど、すべての元凶を彼女に押し付け、加害者を罵って終わりにすることはできなかった。

青村を亡くしてから、毎日、心に浮かんでくる疑問がある。

もしも優秀な編集者が彼の担当だったなら、青村の自死を防げたのではないだろうか——。

編集者は、どの作家に執筆を依頼するか選ぶことができる。けれど今回は違う。自分は、青村に見捨てられたのだ。虚しい答えを見つけるたび、心の傷は深くなり化膿していく。腐敗していくのを感じながらも、痛みを伴うような思考を止めることはできなかった。

今年も終わりに近づいてきているのに、未だに青村の作品は単行本として刊行されていない。匿名掲示板では『コネで受賞したのがバレたから、刊行されないのではないか』という間違った言説が出回っている。気軽に書き込んでいる人間たちには、嘘の情報がどれほど青村を傷つけたのか永遠に理解できないだろう。

私は会社を辞めてからネット通販で週刊誌を買い漁り、部屋に引きこもって中三少女刺殺事件の記事を追い続けていた。また、朝目覚めると検索窓に事件に関するキーワードを入力し、美月のニュースはないか探した。そんなことをしても青村の命は蘇らないし、真実にたどり着くこともできないと頭では理解しているのに、なぜか日毎に執着心は増していく。

衝動を宥める方法を見つけられないまま、いつものようにネットニュースを読み漁った。コメント欄には、処分の内容を予想する書き込みもいくつかある。初犯で十六歳未満の逆送は珍しいから、少年院に送致になって、すぐ社会に戻ってくるだろうという無責任な文章も並んでいた。

私は机の上の週刊誌を手に取った。多くの週刊誌は加害少女の犯行動機に目を向けて特集を組んでいるが、美月の供述は曖昧で、犯行動機は定まらないという。

記事によれば、被害者の女子生徒、穂村マリアは、中学一年の頃からターゲットを変え、クラス内で虐めを繰り返していたようだ。これまでターゲットになったクラスメイトは三人。その中に美月の親友もいたという。親友が虐めを受けている姿に強い憤りを覚え、ついに我慢の限界に達し、加害者は犯行に及んだという内容が書かれていた。

これが事実ならば、犯行の動機は友だちのための復讐だったのだろうか——。

二週間前、美月の復讐説を裏付けるようなSNSも開設された。Twitterの名前は『中三少女刺殺事件三年二組の真実』。ユーザー名は『hollyhock329』。

検索してみると、ホーリーホックはアオイ科の多年草という意味があるようだ。

ホーリーホックのTwitterには、『マリアは鬼』『マリアからひどい嫌がらせを受けていた』『教科書を捨てられた』『加害者は悪くない』という呟きが並んでいた。

内容からも、ツイートしているのは美月のクラスメイトだろう。昨夜、新しい情報はないか確認してみると、すでに退会したのか、Twitterはどこにも見当たらなかった。

まだ真相は判明していないのに、インターネット上には美月の行為を神聖化する書き込みもいくつか現れた。ネットニュースのコメント欄には『被害者は殺されて当然だ』という過激な言葉も寄せられている。そのコメントに対し、『たとえ虐めが事実だとしても殺すのはよくない。そ

う いう短絡的な思考が争いを生み出し、新たな事件を生む』と反論する人もいて、匿名同士の応酬が繰り広げられていた。

先週発売された週刊誌には、穂村マリアから美月自身も虐めを受けていたという内容の記事もあった。警察関係者によれば、美月は「事件前日、穂村マリアに教科書を盗まれてゴミ箱に捨てられた」と供述したという。

もしも被害者の虐めが原因なら、小説投稿サイトに〈最終選考で落選。哀しいので明日、人を殺します〉と書いたのはなぜなのか判然としない。

彼女の真実はどこにあるのだろう――。

もしも別の動機が先に掲載され、最終選考での落選が殺人の動機だと騒がれなければ、青村の運命は大きく変わったのではないだろうか。

総合病院で確認した『検証サイト・シルバーフィッシュ文学賞はコネだったのか?』というサイトは、今はもう削除されている。もしかしたらサイト制作者は、青村の身近にいる人物だったのかもしれない。彼が自死したことを知り、後ろめたさから慌てて削除した可能性もある。いや、後ろめたさではなく、保身に走ったのだろう。どちらにしても、これらの悪意が、すべて中三少女刺殺事件から始まっているのは事実だ。

突然、ドアのノック音が響き、私は上半身をびくりと揺らした。

「莉子、開けてもいい?」

「やめて、開けないで」

少し間を置いてから、母の疲れた声が聞こえてくる。

「夕食、廊下に置いておくから、ちゃんと食べてね。お父さんも心配してるから」

なぜ嘘をつくのだろう。父は心配などしていない。むしろ、この状態に苛立ちを募らせているはずだ。以前、階下から両親の言い争う声が聞こえてきたことがあった。父は「なんであんな状態になったんだ？　理由も話さないなんて、お前が甘やかしているからこうなるんだ」と、母を叱責していた。子どもの不出来は、すべて母親の責任と捉える時代遅れの人なのだ。

昨夜、私を心配して、兄姉が家に来たようだ。けれど、私は部屋から出ることができなかった。何をやらせても優秀な兄姉は、そろって国立大学を卒業後ともに公務員になり、順調に人生を歩んでいる。そんなふたりに、自分の過ちを正直に話すことはできなかった。

以前、公務員を志望する学生が増えているというニュースが流れたとき、区役所勤務の父は「倒産する企業が多い中、収入は安定しているし、社会的に信用もある。やっぱり公務員になれば安泰だな」と誇らしそうに微笑んでいた。

何気なく発した意見かもしれないが、父の言葉を思い出すたび、暗闇に突き落とされた気分になる。会社員になったはいいが退職し、部屋に引きこもっている私は完全なお荷物だ。こんなにも惨めな大人になるとは想像もしていなかった。

外は暗闇に包まれているのに、遠くからカラスの鳴き声が聞こえる。忌み嫌われる漆黒の鳥。今の自分は、彼らと同じだ。

ベッドに横になると瞼が重くなり、意識が霞んでいく。

＊

「磯村君が来ているわよ」

遠くから誰かの声が響いてくる。

「心配して磯村君が来てくれてるよ」

ドアの向こうから声が聞こえ、私は慌ててベッドから飛び起きた。枕元のスマートフォンを手に取り、部屋のドアに背中をつけて座った。

「どうして悠斗が来るの？」

「莉子が会おうとしないから、心配して来てくれたんでしょ」

いつも穏やかな母の声が、心もち尖っているように聞こえた。

スマートフォンを確認すると、悠斗から【これから家に行ってもいい？】というメッセージが届いていた。電話もかかってきていたが、サイレントモードにしていたので気づけなかった。

来年の春、悠斗の誕生日に結婚しようと約束していた。

私は目立つことが苦手だったので、結婚式をするつもりはなかった。派手好きの悠斗と少し言い争いになったけれど、話し合いの結果、式は挙げないという方向で納得してくれた。お盆休みを利用して、お互いの家に挨拶を済ませてからは、ふたりとも仕事が忙しくなり、会えない日が続いていた。

ＩＴ企業に勤めている悠斗は新規ポータルサイトのプロジェクトリーダーに選ばれ、私も青村の担当になってからは忙しくなり、会う時間が取れなくなった。

文高社を辞めてからも、悠斗には一度も会っていない。電話で体調が悪いから会えないと伝えていたのだ。あまりにも情けなくて、会社を辞めた理由は話せなかった。おそらく、悠斗を避けているような私の態度に不信感が募り、自宅まで訪ねてきたのだろう。

「どうする？　帰ってもらう？」

職も失い、体調も悪化し、結婚も破談になったら、自分の人生に希望の灯火はひとつもなくなってしまう。結婚すれば幸せになれるかもしれないという打算が働き、これまでどうにか彼との関係を電話で繋ぎ留めてきた。

〈小谷さん、親身になって向き合ってくださり、ありがとうございました。とても嬉しかったです〉

どうしてだろう。青村の言葉が脳裏に舞い戻ってくる。

恋人に甘え、「君は悪くない」と囁いてもらっている自分の姿を想像すると、なぜか気分が悪くなった。人の命は一度失えば、二度と取り戻すことはできない。自分は取り返しのつかない失敗をしたのだ。

静寂に包まれた部屋に、秒針の音だけが響いている。一秒ごとに、揺らいでいた気持ちが定まっていくのを感じた。

「私の部屋に連れてきて」

「部屋？　リビングじゃなくて、本当に部屋でいいのね」

「うん。部屋でいい」

母の困惑している声を耳にしながら立ち上がると、私は鏡台に自分の姿を映した。シワだらけの水色のパジャマ。髪は乱れ、化粧もしていない素顔。目の下のクマは濃く、肌に張りはなく乾燥している。

誰だろう？　誰かに似ているな、と思った。

身だしなみを整えたかったけれど、近づいてくる足音とノック音が響いた。

「どうぞ」

悠斗は入ってくると、明らかに動揺している様子で私と部屋を交互に眺めている。家具や物が少ないので、それほど散らかっていないはずだ。彼は部屋の隅に置いてあるダンボール箱をちらりと見やった。

私はドアを閉めてから、口を開いた。

「適当に座って」

悠斗は「あぁ、うん」と言いながら、テーブルの近くにあるビーズクッションに座った。

私がベッドの上に腰を下ろすと、彼はさりげない態度で訊いた。

「莉子、すごく痩せたみたいだけど、体調は大丈夫？」

「ダメかもしれない」

「え？　病院には行ったんだよね。そんなに悪いの」

「心の問題だから改善するかどうかわからない」

悠斗の顔に、さっと翳りが差した。

「心の問題って……なんで言ってくれないの」

「だから……結婚は延期してもらうか、やめるか……」

「どういうこと？　延期って、どのくらい？」

「明確には答えられない」

私はそこで、大事な質問をしていないことに気づいた。

「どうして結婚しようと思ったの」

これまでは、根拠のない自信があったから気にならなかった。けれど、今は自分の中に輝くものが欠片も見つからないせいか、明確な理由を求めたくなる。

悠斗は「それは……」と言った後、しばらく黙り込んでから返答した。

「莉子は真面目で正義感も強いし、いつもまっすぐだから、傍にいてくれたら自分もちゃんと生きられる気がしたんだ」

私はスマートフォンでFacebookにアクセスし、悠斗のページを開いた。『友だち』に登録されている『川辺マミ』のページに飛ぶ。そこにアップされている画像を見せた。

瞬時に、彼の顔から血の気が引いていく。

画像には、マミと悠斗が腕を組んで、顔を寄せ合って微笑んでいる姿が写っていた。まるで恋人同士のような写真だ。先日、この写真を見つけてしまったのだ。

「これは会社の創立パーティのときで、やましい関係ではないよ」

画像の上には、『最近、彼女さんが暗いようです。憧れの悠斗先輩に、いつもポジティブなマミちゃんといると元気が出ると言われて、かなりご機嫌です。これからもポジティブな私でがんばります！』というコメントが掲載されている。

額に汗が浮き出ている悠斗の姿を見て、自然に笑みがこぼれた。

「怒っているわけじゃない。私が悪いから。さっき心の問題って言ったけど、今は自分が生きていくことだけで精一杯で、悠斗を幸せにすることはできない。だから結婚はできない」

悠斗はそれからしばらくして、無言で部屋を出ていった。

怖いほどの静寂が訪れ、先程まで誰かがいた部屋は、より一層孤独感を強くする。

——あの子、新人賞なんて受賞しなければよかったのに。

どこからか慶子の感情のない声が響いてくる。

文芸編集部の会議で『プラスチックスカイ』を強く推したのは誰？　青村の担当を任された編集者は誰？　彼の苦悩に気づけなかった人間は誰？

頭の中で自身を責める声が反響していた。次第に恐ろしい問いかけは警報のようにけたたましく鳴り響き、悔恨が胸を圧迫してくる。

文芸編集部の会議で青村の作品をどうしても残してほしいと訴えなければ、『プラスチックスカイ』が最終選考に残ることはなく、彼が自死する運命を避けられたかもしれない。未熟な自分が担当にならなければ、悲劇は起こらなかったのではないだろうか。そっと腕を伸ばし、崖から突き落としたのは、担当編集者である私だったような錯覚に襲われた。

自責の念が胸に去来するたび、網膜に焼きついた青村の倒れている姿が脳裏に迫ってくる。罪の意識が深くなるほど映像は鮮明になり、鼓動は加速し、絶望感が胸の内を侵食していく。

痛みを感じながらも、目を閉じて記憶の中の映像を凝視する。絨毯の上に横たわっている男性は徐々にぼやけていき、次第に見慣れた女性の姿へと変貌していく。

瞼を開けたとき、やっと気づいた。無意識のうちに笑みがこぼれ落ちる。さっき鏡台に映っていた自分の顔は、青村に似ていたのだ。

今ならば何もかも捨てて姿を消した、『プラスチックスカイ』の主人公、ルルの気持ちがよくわかる。今ならば――。作品を世に出したかった。嗚咽がもれた。

誰の役にも立たない、独りよがりの後悔なのはよくわかっていた。こぼれ落ちる涙さえ、自分の愚かさのように感じた。

◇二〇二二年――春

出口が一箇所しかない小さな駅の改札を抜けると、眩しいほどの青空が迫ってくる。

私は駅前の幅の広い道路を渡り、まっすぐ延びる並木道を進んでいく。広々とした道の両サイドには、ケヤキが等間隔に植えられていた。枝先を見上げると、膨らみ始めた芽から、若葉が見え隠れしている。

どこまでも続くような並木道の途中には、休憩を促すように、いくつか木製のベンチが置いてあった。記憶に留めたくなるほど美しい光景――。

休息したくなる気持ちを封印し、歩調を速めていく。しばらく木漏れ日を浴びながら歩を進めると、緑の多い風景の中、突如として胸の高さくらいの白い塀が姿を現した。

異様な緊張が体内を駆け抜け、私は咄嗟に足を止めた。

塀に囲まれた広い敷地の奥には、施設がひっそりと佇んでいる。外壁がクリーム色の二階建ての建物。そこが新緑女子学院だった。

開放されている門から入り、正面玄関まで続く敷石の道を歩いていく。

まだ三月中旬なのに、天気予報によれば、今日の気温は二十度を超えるようだ。歩いていると、額に薄ら汗が滲んでくる。

私はジャケットを脱ぎ、正面玄関から施設に入ると、左側にある受付窓口に入館証を提示しながら挨拶した。

「こんにちは」

入館証には顔写真と『篤志面接委員　白石結実子』という文字が印字されている。先週、この施設を訪れた際、庶務課から受け取ったものだ。そのとき、面接の心得などが記されている小冊子も一緒に渡され、院の職員から簡単な説明を受けた。

受付の生真面目そうな男性職員は、こちらの顔と入館証の写真を注意深く確認している。

「篤志面接委員の白石結実子さんですね。ご案内いたします」

受付から出てきた職員に導かれ、長い廊下を歩いていく。

職員はドアの横にあるカードリーダーに、慣れた手つきでＩＣカードをかざして解錠した。ドアを抜けると、また次のドアが待ち構えている厳重な構造は、ここが一般の学校とは違うことを物語っているようで、不安が思考に侵入してくる。

最後のドアを抜けると、床が艶やかに磨き込まれた幅の広い廊下が延びていた。

案内してくれた職員に礼を述べ、私は教務課のドアをノックしてから静かに開けた。数名の職員がこちらに目を向けたので、事務的に目礼をして挨拶する。

教務課の南側には大きなガラス戸があり、そこから青々とした芝生の中庭が見渡せるようになっていた。

「白石さん、こんにちは。こちらにどうぞ」

明るい声に視線を向けると、笑顔の田辺敏和（たなべとしかず）が小走りに近寄ってくる。手には灰色のファイルを持っていた。

田辺次長は法務省の人事異動で、去年の春から新緑女子学院に着任したようだ。年齢は四十八歳、短髪で体格がよく、話し方は快活だ。上は白シャツにジャケットを羽織り、下は黒のスラックス。幾度も頭を下げる姿から気のよさそうな雰囲気を感じ取った。

「一時間も早く来ていただいて、すみません」

田辺次長は申し訳なさそうに手を合わせ、深く頭を下げた。

面接開始時間は午後の二時からだったが、初日は一時間早く来てほしいと頼まれていた。彼に案内され、教務課の奥にある部屋に向かった。

室内に入ると正面の壁に飾られた巨大な絵画が目に飛び込んでくる。

絵画には、ひとりの少女の姿が描かれていた。煌めく星空に向かって、少女は両手を伸ばしている。後ろ姿なので顔は見えないが、爪先立ちしているせいか、必死に何かをつかもうとしている表情が想起できる絵だった。

「この絵を贈ってくれたのは元院生なんです。彼女は美大に進み、アートの道で活躍しているようで」

そう説明する様子は、まるで実子の活躍を称えるように誇らしげだった。

何気なさを装いながら室内を見回すと、テーブル、ソファ、棚なども置いてある。

「どうぞ、ソファにお掛けください」

私は軽く頭を下げてから腰を下ろした。握りしめた手が少し汗ばんでいる。

緊張を見て取ったのか、田辺次長は正面のソファに座ると朗らかな声で言った。

「いやぁ、今日は先週に比べたら、とても暖かいですよね」

「あの……お役に立てるかどうかとても不安なのですが、どうぞよろしくお願いいたします」

私が言うと、彼は白い歯をこぼして笑い、訳知り顔でうなずいた。

「あまり緊張なさらないでくださいね。我々の仕事には正しいマニュアルはありません。院生たちの幸せを念頭に置いて、試行錯誤していくしかないと思っています。今回、お力を貸していただき、深く感謝しております」

あたたかい言葉に対し、またマイナスな返答をしてしまいそうになる。

胸の奥から溢れ出てくる怯えの言葉を呑み込んだ。仕事を引き受けた以上、最後まで責任を持ってやるしかない。そう自分に言い聞かせた。

「白石さんの授業は、子どもたちの心に響くものがあるようですね。職員や教官とは違う立場で、これから院生と向き合ってもらいたいと考えています」

私は重圧を感じて、軽く頭を下げると身を引きしめた。

「面接の相手、遠野美月さんの簡単な経歴をお伝えしますね」

田辺次長はファイルから一枚の紙を取り出し、テーブルにそっと置いた。

「お茶の準備をしてきますので、よかったら目を通しておいてください」

部屋のドアが閉まる音が響いた後、私はテーブルの上の紙を手に取った。カッターの鋭い刃に触れているような緊張が全身を駆け抜ける。

本名　遠野美月。

年齢　十五歳
非行行為　殺人。中学の教室でクラスメイトを包丁で殺害する。
家族構成　実父（45）、継母（27）、本人の三人家族。
家庭環境　美月が中学二年の夏、実母を病気で亡くす。中学三年の春、実父が再婚。

現在、十五歳。事件を起こさなければ、来月から美月は高校生になっていたはずだ。

簡潔な経歴。ひとつだけ引っかかる内容があった。中学三年の春、事件が起きる半年ほど前に父親が再婚している。

何か家庭環境に問題が潜んでいたのだろうか——。

勝手な憶測を巡らしていると、ノック音がしてドアが開いた。

「どうぞ、麦茶です」

田辺次長はトレーに載せたグラスをテーブルに置き、再び正面のソファに腰を沈めた。

「質問や気になることがありましたら、遠慮なく何でも仰ってくださいね」

面接まであまり時間がない。私は何よりも気がかりな質問を投げた。

「なぜ彼女はクラスメイトを殺害したのでしょうか」

「やはり、そこが気になりますか。今回の事件は非常に曖昧なもので……動機が移ろっていくと言いますか」

彼は麦茶を一口飲んでから続けた。「遠野美月さんが、小説の投稿サイトに自分の小説を掲載していたのはご存知ですか」

「去年、文学賞に応募していた作品を投稿したようですね。私も彼女の小説を読みました」

「そこには文学賞に落選したことが原因で、今回の事件を起こしたという内容が書いてありました。しかし調査の結果、他にも動機が存在しているようなんです」

「他の動機……どういうことでしょうか？」

「担当の弁護士や家庭裁判所の調査官の調べによると、クラスメイトのために殺害したという動機も考えられるそうなんです。被害者の穂村マリアさんは、中学に入学してから三人のクラスメイトに対し、虐め行為をしていた。今回の事件のふたつ目の動機は、虐め被害者のため犯行に及んだという説です」

「美月さんが、そう証言したんですか」

「本人だけでなく、他のクラスメイトも同じような証言をしているようです。担当の弁護士が中学のクラスメイトに話を聞き、三人が虐められていたという事実をつかみました。事件の前日、ある女子生徒は、遠野美月さんから『もういらないから、私がやってあげる』と言われたそうです。彼女は泣きながら『美月がマリアを四回刺したのは、自分たちのためだ』と証言しているようなんです」

美月の「もういらないから」という発言は、「マリアはもういらない」という意味だろうか。他にも疑問点はたくさんある。

私は腑に落ちないところに切り込んだ。

「虐められていたのは三人ですよね。四回も刺した理由は？」

「警察がそれと同じ質問をすると、『自分の分』と答えたそうです」

「つまり、彼女も穂村さんを恨んでいたということですか」

「その辺も曖昧でして……」

田辺次長が言葉を濁したので、私は他の疑問をぶつけた。

「虐めが原因なら、なぜ彼女は小説投稿サイトに別の動機を書いたのでしょうか」

「動機は他にも存在するんです」

「差しつかえなければ、他の動機も教えてもらえませんか」

先程、彼が「動機が移ろっていく」と表現していたのを思い出し、私は訊いた。

「事件の前日、穂村マリアさんが、遠野さんの教科書をゴミ箱に捨てるという出来事があったようなんです」

「それは……美月さんも虐めの被害者だったという意味ですか？」

「警察の取り調べでは、教科書を捨てられたことに激しい怒りを覚え、翌日、犯行に及んだと供述したようですが、その件についてクラスメイトに事情を聞くと、みんな口を揃えて『知らない』と答えたそうです。これまで遠野美月さんが、穂村マリアさんから虐めを受けている現場も見たことがないようで……」

田辺次長は短く息を吐き出すと言葉を継いだ。「時折、穂村マリアさんは気に入らない人の教科書をゴミ箱に捨てていた。だからクラスメイトたちは『美月の教科書を捨てるところは見ていないけど、マリアならやりそうだ』と証言したそうです」

それらのすべてが真実ならば、犯行動機は三つあることになる。

よく考えれば、動機がひとつしかないケースは珍しいのかもしれない。動機の比重に違いはあっても、様々な理由が重なり、爆発して事件に繋がったと考えるほうが自然なのだろう。けれど、後出しのように出てくる一貫性のない動機に不可解な感触が残った。

　私はこれまで報道された事件の概要を頼りに質問を重ねた。

「今回、鑑定留置を行ったんですよね」

「実施しましたが、脳の病気や心の病など、精神疾患の兆候は見当たらなかったそうです」

「未成年の犯罪で、犯行動機が複数あるケースは多いのでしょうか」

「ここまで動機が変容していくのは珍しいことですが、十代の心は複雑です。自分の気持ちをきちんと整理し、状況に応じた適切な行動を取ることが難しい場合もあります。白石さんには、小説について教えるのと同時に、彼女の心を安定させるためにも相談役になっていただけたらと思っています」

「美月さんは、課題の作文に取り組まないという話を伺っています」

「そうなんです。生活態度は素直なのに、加害者と被害者、双方の気持ちになって手紙のやり取りをするロールレタリングなども『やりたくない』と言って、取り組もうとしない。拒絶している状態です」

「つまり、反省していないということでしょうか」

「どういう感情が潜んでいるのかわかりません。もっと奥深くに何かあるのか、我々もつかめないままでして……小説を書くのは好きだと言っているので、そこから何か始められることはないか考えていたところなんです」

　専門の職員が対応しても心を開かない少女に対し、自分ができることはないような気がした。

それでも、彼女と向き合いたいという抑えがたい衝動が胸を叩く。

「どこまでお役に立てるかわかりませんが、美月さんと面接させてください」

田辺次長は安堵したように目尻に深いシワを刻み、「ありがとうございます」と嬉しそうに頭を下げた。


教務課で原稿用紙と筆記用具の入ったポーチを受け取ると、背の高い女性職員と一緒に面接室に向かった。塵ひとつない床は、緊張感のこもった空気を醸(かも)し出している。

廊下を歩いている最中、答えの出せない疑問や憶測が頭の中を駆け巡っていく。一歩足を踏み出すたび、心に立ち込める霧は深さを増し、視界が悪くなる。足元が覚束(おぼつか)なくなるような感覚に襲われ、私は不安を蹴散らすように大股で歩を進めていった。

女性職員は「面接室は、こちらになります」と言って立ち止まると、開錠してからドアノブを回して開けた。

ドアの先には、小さな部屋が待っていた。真っ白な壁、中央に置かれた長方形の机と二脚の椅子。木製の椅子は、机を挟んで右と左に置いてある。正面の壁には、小窓がひとつ設けられていた。他に調度品と呼べるものは、右奥にあるホワイトボードとその上に設置された丸い壁掛時計だけだった。

女性職員が「少々お待ちください」と一礼し、部屋を出ていく。

私はポーチから鉛筆を取り出し、五十枚綴りの原稿用紙と一緒に机の上に並べた。鉛筆の先端は、黒々と尖っている。

うまく利用すれば、これも凶器になりうるだろうか――。

殺害現場を見てもいないのに、制服姿の少女が血まみれになり、教室の隅に倒れている姿が脳裏にありありと浮かんでくる。

不安を頭の隅に追いやり、窓際まで行くと外を眺めた。

心が晴れ渡るような美しい芝生の中庭が広がっている。左奥にはライムグリーンのベンチが置かれ、その後方には、空高く常緑樹が育っている。よく茂った緑葉が心地よさそうに風に揺れていた。

まるで美しい風景画のようだ。ここが少年院だと忘れてしまうほど長閑（のどか）な光景。束の間、穏やかな景色に見入っていると、コンコンとドアを叩く音がした。

壁掛時計の針は、ちょうど二時を示している。

ドアが開き、法務教官に促されて、ひとりの少女が室内に入ってきた。

ロイヤルブルーのジャージ姿。黒髪は肩先で切り揃えられ、細長い首が小さな顔を支えている。髪はセンターで分けられていて、つるりとした美しい額を露わにしていた。体温が感じられないような真っ白な肌、痩せ気味の身体。凍えるような白銀の大地に佇む、タンチョウのような印象を受けた。

まったく表情がないせいか、妙な緊張感を呼び起こす少女だった。

事件について知らなければ、ごく普通の大人しそうな少女に見えたかもしれない。けれど殺害現場の状況を知っているせいで、どうしても歪んだ見方をしてしまう。

法務教官は、左側の椅子を手で示しながら「座りなさい」と指示した。

少女は素直に椅子に座ると、机の上で指を組み、ゆっくり窓の外に視線を移した。緩慢な動き、感情の宿らない瞳、これからうまく会話ができるだろうか。そんな印象を受けながら、私は注意深く観察した。

「もし悩んでいることがあれば、何でも気軽に相談しなさいね」

法務教官は院生に対して優しい声音で言葉を残し、こちらに黙礼してから部屋を出ていく。ドアの閉まる音がやけに大きく響いた。

事前に個別面接だと聞いていたが、実際に重罪を犯した少女とふたりきりになると警戒心が湧き、急に喉の渇きを覚えた。

新緑女子学院では院生同士の私語は禁止されているので、法務教官が言ったとおり、この面接では気兼ねなく何でも話せる雰囲気を大切にしたいと思っていた。何よりも彼女の胸中を理解したかった。

美月と向き合うように、私は正面の椅子に腰を下ろした。彼女は無表情のまま窓の外をじっと眺めている。

「この施設には綺麗な中庭があるんだね」

意識的に笑顔を作り、思い切って声をかけてみると、美月がゆっくりこちらに顔を向けた。

一瞬、音が消えたような錯覚に陥った。

冷たい眼差しを向けられ、笑みを保つのが難しくなる。心の内を見透かされてしまうようで、どうにも落ち着かない。視線を外そうとしたとき、彼女の瞳が動きを見せた。

髪、顔、耳、首、胸――彼女の視線が流れるたび、見られている部分に緊張が走る。

美月は能面のような表情で、探るように眼球を動かしていく。顔立ちは整っているが、涼しげな目元のせいか、周囲を拒絶するような雰囲気を放っていた。

私は面接の心得に書いてあった注意事項を胸中で素早く唱えた。

偏見や先入観を持たないこと——。

もう一度、言葉の意味を噛みしめてから立ち上がると、ホワイトボードに名前を書いてから席に戻り、簡単に自己紹介した。

「白石結実子です。以前、高校で国語の教師をしていました。この時間は気兼ねなく、ふたりでいろいろな話をしたいと思っています」

彼女はまったく反応を示さない。表情筋も動く気配はなく、瞬きも少ないので、日本人形と対面しているような気分になる。額に脂汗が滲んでくるのを感じた。

一秒ごとに重くなっていく空気を排除するように、私は声を発した。

「美月さんは小説を書くのが好きだと伺ったので、これから一緒に小説について学び、物語を創れたらいいな、と思っています。この時間は誰にも遠慮せず、あなたが話したいと思う内容を自由に発言してくださいね」

「どうしてなのでしょうか」

部屋に澄んだ声が響いた。

言葉の意味がわからず、青白い顔を見つめていると、美月は薄い唇を開いた。

「聖人でありたいからですか」

「え？　セイジン？」

「篤志面接委員は、ボランティアなんですよね」

「そうだけど……」

「白石先生がボランティアをする理由は、善人だと思われたいからですか。それとも何かの罪滅ぼしですか」

静かな声調なのに、胸を抉るような響きを含んでいた。

美月は表情を崩さず、こちらをじっと観察している。その顔からは困らせてやりたいという意図は感じられず、純粋に質問しているようだった。それなのに胸がとくとくと騒ぎ始める。ここで嘘を口にすれば、彼女は心を閉ざしてしまう気がして、私は正直な気持ちを伝えた。

「篤志面接委員を引き受けたのは、あなたのことが知りたいから」

「私ではないと思います」

「どういう意味かな」

「私について知りたいのではなく、未成年者がなぜ人を殺したのか、それを知りたいんだと思います。大人って、気持ちの悪い生き物ですから」

「どんなふうに気持ちが悪いと思う？」

「心を理解すれば、未成年の犯罪を未然に防げるだろうと自惚れているところが不気味で、怖いです」

「自惚れではなく、責任を感じているのかもしれない」

美月が「責任？」と首を傾げたので、私は言葉を足した。

「自分たち大人が、子どもを加害者にしてしまったのではないか、そう責任を感じている人もいる」

一瞬、美月の瞳に怒りの感情が宿ったような気がした。放たれた負の感情を正面から受けて、肌がぞくりと粟立った。こちらの変化を敏感に察知したのか、彼女はすぐに表情を消すと、淡々と口を動かした。

「大人の責任。誰かの責任。先生は、私の父に似てますね」

何の話をしているのかわからず、真意を捉えかねていると、美月は控えめな声で別の言葉を生み出した。

「私、父が嫌いなんです」

甘く囁く声――。

彼女の発言は、胸中で「私、あなたが嫌いなんです」という言葉に変換されていく。

遠回しに拒絶された気がして、心が微かに波立ってくる。互いに手を伸ばせば触れ合える距離なのに、ふたりの間には床から天井まで隙間のない透明なアクリル板があるように感じられた。

「どうしてお父さんが嫌いなの？」

私が尋ねると、彼女は何も聞こえていないかのように質問を投げ返してくる。

「白石先生は、ここで何を求めているんですか」

「求める？　あなたは小説を書くのが好きなんだよね」

「はい。好きです」

「文学賞の最終候補作に残るほど実力がある。また物語を書きたいとは思わない？」

「書きたいと思ったら、その先に何があるんですか。努力すれば、これから小説家になれますか」

　屈託のない態度で難解な問いを投げられ、二の句が継げなくなる。もう少し質問内容を吟味すべきだったと後悔を覚えた。

　気まずい沈黙が部屋に降り積もり、息苦しさが増していく。

　殺人犯が、小説家になることは可能だろうか——。

　かつて、アメリカ海軍の基地から拳銃を盗み、四人の男性を殺害した連続殺人犯がいた。事件後、裁判で死刑が確定するが、彼は刑事裁判の公判途中から死刑を執行されるまでの間、獄中で小説家として創作活動を続けた。手記や小説を何冊も書き、実際に刊行もされている。

　おそらく、需要があれば小説を出版することは可能だろう。けれど、かりに覆面作家として活動しても、いずれ正体が明らかになるときが来るはずだ。そのとき、彼女の経歴をどう捉えるかは、読者が決めることだ。とはいえ、被害者や遺族のことを思うと胸がざわつき、なんと返答すればいいのか適切な言葉が見つからない。

　私は心情を探るように訊いた。

「あなたが文学賞に応募したのは、小説家になりたいと思ったから?」

「それ以外の目的で、応募する人はいるんですか」

「賞金が目当ての人もいるかもしれない」

「私は違います。小説家になりたかったんです」

「それならどうして人を殺したの」

「落選したからです」

「落選が理由で人を殺したら、小説家の道は遠のくと思うけど」

「本当にそう言い切れますか」

「違うの？」

「さっきまでは同じ意見でした。でも、もっと深く考えてみると、犯罪者になって世間の注目を集めれば、近道になる場合もあると思いました」

軽い物言いに不快感が込み上げてくる。けれど、信頼関係が築けていない状態で反論を繰り広げても意味はない。関係が悪化するだけだ。先程から彼女の独特のペースに巻き込まれているようで、心に不安が忍び込んでくる。

「白石先生って、真面目なんですね。私、まっすぐな大人が大好きです」

ふざけているのだろうか。彼女を観察すればするほど、真実が遠のいていくような不穏な予感に駆られた。

美月は感情の読めない顔で言葉を放った。

「私にどんな小説を書いてほしいんですか」

「こちらがテーマを指定してもいいの？」

依然として表情を隠したまま、彼女は私の目を覗き込むように見つめてくる。全身から大人をからかうような余裕が漂っていた。その視線に微かに苛立ちを感じてしまう。

私は勢いに任せて声を上げた。

「小説のテーマは『更生』。枚数は四百字詰め原稿用紙六十枚」

「もしも小説を書いたら、ここから出してくれますか」

真剣に問いかけているのだろうか——。どれほど見つめても、彼女の表情から心情を読み取るのは難しかった。

「この面接は利害関係のないものにしたいの。だから取引はしない。そもそも私には、誰かを出院させられる権限はないから」

「権限がない？　それなら白石先生には、どんな才能があるんですか」

頬が強張るのが自分でもわかった。冷静に対応しようと意識しながら無理やり口を開いた。

「それは……私には特別な才能はない」

「何の才能もないのに、篤志面接委員を引き受けたんですか」

その遠慮のない言葉に、胸が動揺で震えた。相手から悪意は感じ取れず、静かな口調だからこそ、余計に気持ちが萎縮してしまう。

特別な才能を持たない人間が、矯正施設で収容者と面接をするのは思い上がりなのだろうか。彼女の冷ややかな言葉は暗示のように心に居座り、胸が凍りついていく。

美月の気持ちが知りたくて会話をしているのに、次々に自分の愚かさばかり露呈してしまう。どう返答していいものか思案に暮れていると、彼女は言葉を放った。

「大人はいつも正解を隠すのに、子どもには正直でいろと言う」

「どういう意味？」

「白石先生、本当に人間の命は平等なんですか」

企みを含んでいるような表情を見て、私は咄嗟に身構えた。

何か試されているのだろうか。目的が見えない。先が読めないせいか、伝えるべき言葉を見失ってしまい、焦りばかりが先行して心が乱れてしまう。

相手の質問の意図は判然としないけれど、信頼関係を築くためには誠実に答えるしかない。頭を目まぐるしく回転させ、動揺を悟られないよう冷静さを装いながら答えた。

「そうね。私は平等だと思いたい」

「自分の命と引き換えに、誰かを殺す。それなら許されますか。平等に、ひとつの命を消し、もうひとつの命も消す」

「相手が死を望んでいない場合、平等という概念は成立しないと思うけど」

「そもそも人間の命の価値には、差があると思います」

「かりに命の価値に差があるとするなら、どうやって見極めるの」

「通り魔殺人で六人の命を奪った犯人。事故現場で六人の命を救った医師。ふたりの命は平等ですか。もしも平等だと言う人がいるなら、その人を殺してやりたいです」

その口振りは怒りの響きを帯びていて、思わず怯みそうになる。

ここで「命は平等」だと口にしたら、彼女の殺意はこちらへ向けられるような気がした。まるで遠回しの脅迫だ。口元に笑みを刻んでいるところを見ると、美月は自分の発する言葉がどのように相手の心を揺さぶるのか理解しているのだろう。

「白石先生、紙と鉛筆を貸してもらえますか」

美月の視線は、机に置いてある原稿用紙を捉えている。

原稿用紙の上に鉛筆を乗せ、腕を伸ばして彼女のほうに差し出した。

美月も腕を伸ばし、細長い指で自分のほうに引き寄せる。鉛筆を手に取ると、原稿用紙の表紙を捲り、右耳に髪をかけてから何か書き始めた。

小説を書いているのだろうか――。

学舎女子学院の院長から、彼女は課題の作文に取り組まないと聞いていた。こんなにもスムーズに書き始めることに違和感を覚えた。小説ならば書けるというのだろうか。何もかもが不可思議だ。

書き始めてから一分も経たないうちに、彼女は原稿用紙と鉛筆をこちらへ差し出してくる。私は疑問を感じながらも、無言のまま腕を伸ばし、目の前まで引き寄せると原稿用紙の表紙を捲った。

〈私の本当の犯行動機を見つけてください〉

紙の中央に書かれている文を読んだ途端、小さく溜息を吐き出していた。

「これは小説ではないと思うけど」

私が言うと、彼女は非難めいた口振りで答えた。

「小説に必要な要素です」

「そうね。たしかに大切な要素になるかもしれない」

「白石先生が本当の動機に気づいてくれたら、小説を書くことができると思います。あと、課題の作文にも取り組める気がします」

彼女の真意が知りたくて、私は穏やかな声で尋ねた。

「ふざけてる?」

「胸が張り裂けそうなほど本気です」

「原稿用紙に本当の犯行動機と書いてあるけど、これまで警察や家裁の調査官に対して証言した動機は嘘だったの？」

「今までの証言は、本当の犯行動機ではありません。たぶん、課題の作文が書けないのは、真の動機に気づいてくれる大人がいないからです」

「なぜ私に動機を探ってほしいの？　もしも誰かに気づいてもらいたいなら、自分の口で伝えたらどうかな」

「それでは意味がありません」

「どういうこと？」

「先に答えてください。白石先生は、私の本当の犯行動機を見つけてくれますか。約束を果たしてくれたら、こちらも先生の願いを叶えます」

「さっきも言ったけど、あなたと取引はしない。テーマは決めたけど、小説ではどんな内容を書いてもかまわない。でも、課題の作文は反省する心が書かせるものよ。反省は自分の内から出てくるもの。誰かと取引をして、絞り出すものではないから」

「でも、私たちの間には利害関係がありますよね」

言葉の意味を咀嚼（そしゃく）できずにいると、美月は幼子に話しかけるようにゆったりとしたテンポで言った。

「先生や職員の人たちは、私をちゃんと更生させたい。世間に対して、『我々の仕事はとても価値があるものです。ほら、未成年の犯罪者を立派に更生させたでしょ』と言いたい。ちゃんと利害関係がありますよね」

「もっと純粋な気持ちで子どもたちと向き合おうとしている大人もいる」

「それが真実だとしても、信用するのは難しいです」

「ずいぶん大人に不信感を抱いているのね」

「違います。大人だけではありません。人間という生き物に不信感を抱いています」

「人間……自分自身にも？」

「私も人間なんですか」

美月は首を傾げると、少し目を細めて囁くように言葉を継いだ。「人を殺しても、まだ『人間』でいられるんですか？」

私は相手のペースに巻き込まれないように気を引きしめ、質問をぶつけた。

「もしも本当の犯行動機があるなら、どうして審判のときに伝えなかったの」

「意味がないからです」

「意味？」

「養育者がダメな人間だからです」

たしか資料によれば、母親は、美月が中学二年の夏に亡くなっていたはずだ。

「養育者とは、お父さんのこと？」

「そうですね」

どうして父親がダメな人間だと、本当の犯行の動機を話せないのだろう。

そのときノック音が響き、ドアが開くと、さっき彼女を連れてきた法務教官が顔を覗かせた。

振り返って壁の時計を確認する。午後の三時。面接の終了時刻だった。自分でも意識できないほど、ふたりの世界にどっぷりと浸かっていたことに気づいた。

法務教官に促され、美月が立ち上がる。ドアに向かって、音を立てずに歩き始めた。

「白石先生、ふたりだけの秘密。約束。大切にしてくださいね」

私の横を通り過ぎるとき、美月が奇妙な言葉を投げてきた。

ドアの前で振り返った彼女は、口角を少しだけ上げて薄い笑みを作ってみせた。

大人びた、妖艶な笑み。隣にいる法務教官の顔には困惑の色が浮かんでいる。

私は切迫感に駆られて口を開くも、頭が真っ白になり、言葉がうまく出てこない。ふたりの姿が消え、ドアの閉まる音が幻聴のように耳に響いた。

部屋には、午後の柔らかい日差しが射し込んでいる。

すべてが夢ではないかという錯覚に陥った。不安に駆られ、確かめるように原稿用紙に視線を落とした。美しく整った文字を眺めていると、現実と幻想の狭間を漂っているような感覚に呑まれていく。

〈私の本当の犯行動機を見つけてください〉

*

すでに面接の時間は終了しているのに、新緑女子学院から出ることができなかった。

私は教務課から中庭に出ると、ライムグリーンのベンチまで向かった。後ろには背の高い樹木があり、強い日差しを遮ってくれている。

足元を見ると、樹木には白い名札が付いていて、『シラカシ』と記されていた。

大きく息を吐いてベンチに座った。鞄からノートとペンを取り出し、面接中の会話を忘れないうちに記録していく。心を鎮めて振り返ってみるも、美月の発言は要領を得ないものばかりだった。けれど、一度だけ感情を露わにした瞬間があった。

瞼を閉じて、彼女の表情や声を思い返してみる。

——大人の責任。誰かの責任。先生は、私の父に似てますね。

あの言葉には強い嫌悪が潜んでいた。

彼女は、どうして父親に対して負の感情を抱いているのだろう。今回の事件と何か繫がりはあるのだろうか。真相に迫りたいのに、何をどうすればいいのか見当もつかない。

「この中庭は、僕もお気に入りなんです」

声が聞こえてきて顔を上げると、笑顔の田辺次長が立っていた。

私は咄嗟にノートを閉じた。美月との会話を知られたら、自分の愚かさを露呈してしまうようで不安になったのだ。

不審な動きをしてしまった気がして後悔を覚えたが、田辺次長はこちらの動揺を気にする様子もなく、隣に腰を下ろした。

「遠野美月さんの面接はどうでしたか」

「あまり、うまくいきませんでした。彼女が何を考えているのか真意を測れなくて……」

叱られた子どものように小声で報告すると、彼は場違いなほど満面の笑みを浮かべた。

「最初からうまくいくほうが警戒してしまいますよ」

「警戒？」

「どちらかが猫を被っている証拠です。ふたりとも嘘をつかず、本音で向き合おうとした。だから、うまくいかなかったのかもしれませんね」

振り返れば、面接中、美月は適当な言葉で誤魔化さず、正直な気持ちをぶつけてきた。本来なら喜ぶべきことなのかもしれないが、心は戸惑いの感情で溢れ返っていた。

情けない質問が私の口からこぼれた。

「篤志面接委員は特別な才能のある人が引き受けるものなのでしょうか」

「面白い質問ですね。たしかに、茶道、書道、ギター、俳句、絵画、様々な能力をお持ちの方が多いです。もしかして彼女から、どのような才能があるのか訊かれたんですか」

私が黙ったまま首肯すると、田辺次長は忍び笑いをもらした。

「白石さんは、どう返答したんですか」

「私には……特別な才能はない、と」

彼は、今度は声を上げて笑ってから言った。

「素敵な回答だと思います。子どもは、自分に正面から向き合ってくれる大人なのかどうか、しっかり見抜きますからね。嘘をついて自分を大きく見せる必要はありません」

「面接中、彼女の言葉が理解できなくて、発言の意味を考えている矢先、また新たな疑問にぶつかり、どう対処すべきなのか混乱してしまって……」

「遠野さんは知能も非常に高く、落ち着いた雰囲気なので大人びて見えますが、まだ十五歳です。彼女自身も不明確なことだらけなのではないでしょうか。だから次々に疑問が溢れてくる」

田辺次長は嬉しそうに顔をほころばせた。「やはり白石さんに篤志面接委員を依頼して正解でした」

「彼女の気持ちが理解できないのに、どうしてですか？」

「誰かを理解したい、そう思える人間は優しい人です。なぜなら、誰かを理解しようとする姿勢こそが、相手の気持ちをわかってあげたいと思えることこそが、愛情だからです。彼女たちは愛情に根ざしたものかどうか敏感に判断し、理解しようとしてくれる大人に少しずつ心を開いていきます」

「なんとなく、最初の面接から嫌われてしまった気がして……」

「こう言っては何ですが、あなたは鈍いところがある。先程、担任の教官から連絡があり、美月さんが『また面接をお願いしたい』と言っていたそうですよ」

何を怯えていたのだろう——。

心のどこかで、次の面接を断られるのではないかという恐れの感情が燻っていた。田辺次長が教えてくれた言葉は、心に勇気を連れてきてくれる。

私は安堵して、素直な気持ちを口にした。

「彼女を見ていると、同じ年の頃の自分はとても幼かったな、と実感させられました」

「人の成長は様々です。親が大人になりきれず、まだ小学生なのに成人と同じような振る舞いを求められる子どももいますからね」

「美月さんも、そうだったのでしょうか」

「彼女の真実はわかりかねます」

田辺次長の返答には、「これからの面接で、あなたがしっかり見極めてください」という意味が含まれている気がした。

急に不安が胸に兆し、私は弱音を吐き出した。

「このまま面接を続けても、彼女が課題の作文に取り組めるようになるかどうか、自信が持てなくて……」

「書きたくなければ、書かなければいいんです」

「でも、それではいつまでも出院できないのでは？」

「頭のいい子です。課題をクリアできなければどうなるのか、彼女自身がいちばん理解しているはずです」

「つまり、ここを出院する気がないのでしょうか」

「真実は本人に訊かなければわかりませんが、心に強い葛藤があるのではないかと思っています」

「葛藤？」要領を得ない話ばかりで、つい声が尖ってしまう。

「表面的に反省しているふりをすることも、心から反省することもできない。そんな中途半端な位置でぐらぐら揺れているのかもしれません」

面接中、美月は「もしも小説を書いたら、ここから出してくれますか」と訊いてきた。彼女の言葉を素直に受け取るなら、出院したいという気持ちがあるのだろう。けれど、今も課題の作文に取り組む姿勢を見せない。やはり、何を求めているのか容易には理解できなかった。

面接を続ければ、彼女の本心に触れられる日が来るのだろうか——。

田辺次長に面接の内容をすべて伝え、アドバイスをもらいたいという衝動に駆られたが、美月から言われた「ふたりだけの秘密。約束。大切にしてくださいね」という言葉を思い返すと、施設の職員に何もかも話してしまうことに抵抗を感じた。

私は面接中に気になったことを遠回しに尋ねた。

「美月さんのご両親は、面会に来ているのでしょうか」

「二回ほど、来てくれたようです。けれど、最近は仕事が忙しいのか、ここ一ヵ月ほどは面会に来たという報告は受けていません」

「彼女のご両親は、どのような方なんですか」

「父親は、親からビルやマンションなどを譲り受け、手広く不動産賃貸業を営んでいるようです」

「会社の経営は順調なのでしょうか」

「彼女の家庭に経済的な問題はなく、むしろ恵まれた環境で育っていると思いますよ」

経済的には恵まれていた。なぜ美月は「養育者がダメな人間だからです」という発言をしたのだろう。このまま考えていても答えは見つからない。

「美月さんには、担当の弁護士がいたんですよね？」

「父親が選任した弁護士がいます」

「まだ詳しくお話しすることはできませんが、美月さんは家族とうまくいっていないようなんです。彼女の心を理解するためにも、担当の弁護士に会わせてもらえませんか」

田辺次長は切迫感のようなものを感じ取ったのか、突然の申し出にも嫌な顔ひとつ見せず、笑顔でうなずいてくれた。

「名前は、八坂賢太郎さん。少年事件にも強い、優秀な先生です。彼女が移送されてから、ここにも何度か面接に来てくれました。連絡を取ってみてはどうでしょうか」

田辺次長はジャケットの胸ポケットから黒いケースを取り出すと、一枚の名刺を差し出してきた。名刺には『弁護士　八坂賢太郎』と書いてある。

両手で受け取ってから確認すると、事務所の住所は港区の南青山だった。

美月の担当弁護士から話を聞くことができれば、もっと詳しい情報を入手できるかもしれない。

だがその考えを、もうひとりの自分が即座に否定する。

美月はこれまでも犯行動機を変えてきたのだ。そのうえ、今度は本当の犯行動機を探れという。彼女の思惑にうまく乗せられているようで落ち着かない気分になる。

体よく利用されているという懸念も湧いたが、それでもかまわない。どちらにしても、事件と向き合わなければ、彼女の真相にたどり着くことは永遠に叶わないのだ。

時間をかけて、まっさらな気持ちで一歩ずつ距離を縮め、向き合うしかない。

頭上の枝葉が風に揺れ、緑の香りが降り注ぐ。首を反らして、さわさわと揺れる緑葉を見上げると、少しだけ心が澄んでいく感覚がした。

◇二〇二二年——冬

元日から四日も過ぎているのに、学生時代の友人からスマートフォンに【happy new year】というメッセージが届いた。ピエロに扮したネコが、満面の笑みを浮かべてクラッカーを鳴らしているスタンプがついている。

私はベッドに寝転びながら、小さな画面をぼんやり眺めた。

結婚は破談になり、この先幸せになれる要素はひとつも残されていない。それなのに、友人と同じ文面を入力し、機械的に返信した。

送信後、何もかもに嫌気がさし、スマートフォンを絨毯の上に投げ捨てた。

結婚が破談になったとき、母は泣いていた。けれど、私の心はふわりと浮き立ち、軽くなったのを覚えている。厄介事がひとつなくなり、心地いい気分に満たされた。他人と生きることが面倒で怖くて仕方なかったのだ。もしかしたら、底辺まで堕ちた人間は、幸せさえ面倒に感じるようになるのかもしれない。

癒やしてくれる存在は睡魔だけ。うつらうつらしていると、部屋が一気に騒がしくなる。眠気を吹き飛ばすように、着信音が鳴り響いた。

さっきメールをくれた友人だろうか——。私は手探りでスマートフォンを見つけ出す。呼び出し音は鳴りやんでしまったが、画面に指を這わせ、電話の相手を確認した。

誰かにいきなり胸ぐらをつかまれたかのような感覚に陥った。

心臓が膨らんで、今にも破裂しそうになる。指先が細かく揺れているせいで、画面の文字が読みづらい。

――青村信吾。

咄嗟に、身を隠す犯人のように息を潜めていた。

思考が凍りつき、恐怖だけが胸に広がっていく。どうして青村の番号を消さなかったのだろう。

そんな間抜けな疑問が頭を駆け抜けていく。

電話の相手は、本当に亡くなった青村なのだろうか――。

思考は完全におかしな方向に走り出していた。無意識のうちに深呼吸を繰り返す。息が少しだけ楽になり、連動するように恐怖心も和らいでいく。

落ち着きを取り戻すと、たとえ死者からの電話でもかまわないという気持ちが芽吹いた。その芽は大きく育ち、すべての感情を支配していく。

もう一度、彼と話がしたい。まだ怯えの気持ちはわずかに残っているが、勝手に手が動き出す。

強張る指で画面をタップし、耳にスマートフォンを押し当てた。

一回、二回、三回、コール音が響くたび、鼓動も加速していく。

何から話そう。「今、どこにいるの」「苦しくない?」「どうして自ら命を――」そこまで考えたとき、探るような『もしもし』という声が聞こえてくる。

私は無言のまま、スマートフォンを持つ手に力を込めた。掌がじっとりと汗ばんでくる。

『小谷莉子さんですか？』

青村ではなく、聞き覚えのある優しい女性の声――。

「はい。小谷です。……慶子さんですか」

相手は、青村の母親だった。

『息子のことで、お願いがあるんです』

彼女から、明日の三時、話したいことがあるから自宅に来てほしいと頼まれた。

明日の予定は特になく、青村家の場所も忘れていないのに、返答に窮してしまう。これまで慶子の体調を密かに案じてもいた。けれど、簡単に承諾できない理由がある。

退職届を出しに行く電車内で倒れて以来、過換気症候群の症状は出ていないが、再び発症しないとも言い切れなかった。青村家まで無事にたどり着けるかどうか自信が持てず、躊躇してしまう自分がいる。

どうすればいい、どう答えればいいのだろう――。

小学生でもできることなのに、怖くて仕方なかった。それなのに、なぜか口からは「伺います」という言葉がこぼれていた。

慶子は夫を病気で亡くし、残された唯一の家族である大切な息子まで自死で失ったのだ。彼女の悲愴な境遇が胸に迫ってきて、どうしても依頼を断ることはできなかった。

*

「チーズケーキがうまく焼けたから、紅茶と一緒にいかがですか」

生前、打ち合わせで訪れたときと何も変わらない様子で、慶子は楽しそうにキッチンで立ち働いていた。彼女の陽気な姿は、ぞっとするほど明るさに満ちている。

私はソファに腰を沈め、腿の上に手を置き、背筋を伸ばしていた。電車の座席でも、同じ体勢を維持して、ゆっくり大きく呼吸を繰り返し、ここまで無事にたどり着くことができた。

少ししてテーブルには、紅茶、クッキー、チーズケーキ、マフィンなどが並んでいく。以前のように沸き立つ感動はなく、手作りのお菓子はどれも重荷に感じられた。

正面に座った慶子から食べるよう勧められたが、口に運んだクッキーの味は前とはどこか違っていた。青村、慶子、ふたりの笑顔があったから、あれほど美味しく感じられたのだろう。

「今、闘っているんです」

意味不明な言葉に視線を上げると、慶子の瞳が奇妙な光を放っていた。

私は不穏な予感に襲われ、どうにか言葉を返した。

「闘うとは……どういう意味ですか」

「あの子が亡くなった後も、しばらく嫌がらせの電話が続いていたんです。だから証拠を残すため、息子のスマートフォンは解約せず、闘う道を選んだんです」

改めて慶子を見ると、最後に病院で見た姿よりも若返り、活力に溢れているように映った。喜ばしいことなのに、どこか不自然さを感じてしまう。

　私は話の輪郭しかわからず、無難な質問を口にした。

「どのように闘っているんですか」

「息子の死後、嫌がらせの電話に関して警察に訴えたら、脅迫電話ではなく事件性もないので捜査するのは難しいと断られました。でも、弁護士の先生に相談したところ、嫌がらせ電話と信吾の自殺や精神的な疾患に因果関係が見出せれば、傷害罪が成立するかもしれないと言ってくださったんです」

　慶子の活力溢れる姿の理由が判明した。彼女は明確な敵を見つけたのだ。

「うちの息子は、どんな子でしたか？」

　そう尋ねる母親の顔は、妖しく歪んでいた。瞳の輝きは増し、口元には笑みが浮かんでいる。見えない銃を突きつけられている気がして、私は慌てて口を開いた。

「青村さんは……思いやりのある、とても優しい人でした」

「それが失敗だったんです」

「失敗？　どういうことですか」

「優しい子に育てたのが間違いだったんです。息子の死後、ある有名人が亡くなったとき、ネット上に『誹謗中傷くらいで死ぬなんて、弱いね』と書いてあるのを見ました。それを読んだとき、私の子育ては完全に失敗だったと認識しました」

　彼女は悔しそうに唇を嚙んでから言葉を継いだ。「相手に嫌がらせの書き込みをされたら、画像を保存し、証拠を残して闘えばよかったんです。息子が生きているうちに……相手の名前を世間に公表して、社会でうまく生きられないように徹底的に追い込んでやればよかった。それが世間で言うところの、強い人なんでしょ？」

私は呼吸を止め、鬼のような形相の母親を見つめることしかできなかった。

慶子は胸を張って口を開いた。

「弁護士の先生に協力してもらって、ネット上で誹謗中傷した相手を探っているんです。発信者情報開示請求を行い、もしも相手を特定できたら、名誉毀損罪や業務妨害罪などで訴えるつもりです」

青村が生きていた頃の慶子は、こんな人ではなかった。外見は変わりないが、心に別の人間が棲んでいるようだ。誰かの悪意が彼女の心を黒く染め、夜叉に変えたのだ。

本当に強い人間とは、どのような人なのだろう——。

息苦しいほどの沈黙に押し潰されそうになる。けれど、息子を失った彼女に、伝えられる言葉がひとつも見つからない。

慶子は立ち上がると引き出しから一枚の紙を取り出し、無言のまま、こちらに紙を差し出してくる。

両手で受け取ってから、文面に目を走らせた。誰かとメッセージのやり取りをしているような内容が記されている。

「遠野美月のクラスメイトと連絡が取れたんです」

慶子が感情を排した声で続けた。

「Twitterにダイレクトメッセージを送信したら、相手から返信があったんです」

「誰のTwitterですか」

「去年、『中三少女刺殺事件三年二組の真実』というTwitterが開設されたんです」

そのTwitterなら、私の記憶にも鮮明に残っていた。

たしか、ユーザー名は『hollyhock329』。ツイートには『マリアは鬼』『マリアからひどい嫌がらせを受けていた』『教科書を捨てられた』『加害者は悪くない』という言葉が並んでいたはずだ。

何か辻褄が合わないものを感じて、私は戸惑いながらも口を開いた。

「慶子さんにとって、加害者の少女は憎むべき相手ですよね」

「そうです。彼女が小説投稿サイトにあんな書き込みをしなければ、息子は自分を責めることもなく、『コネで受賞した』なんて騒がれることもなかったはずですから」

「あのTwitterのツイートは、加害者を応援する内容でした」

「だから加害者の味方のふりをして、ダイレクトメッセージを送ったんです」

手元の紙に目を向けると、慶子はアカウントの開設者に対して、週刊誌記者だと名乗り、加害者の減刑に協力したいから話を聞かせてほしいという内容を送っている。

メッセージのやり取りで、相手は自らを『ホーリーホック』と名乗っていた。書いてある内容がすべて真実ならば、ホーリーホックは美月のクラスメイトのようだ。最後は会う約束まで取り付けている。

慶子は身を乗り出し、弾むような声を上げた。

「一週間後の午後五時、練馬区のファミレスで、ホーリーホックと会う約束をしているんです」

「加害者のクラスメイトと会って……どうされるつもりですか」

「本当に新人賞に落選したのが原因で殺害に及んだのかどうか知りたいんです。小谷さんも一緒に行ってもらえませんか。私だけでは大切なことを聞き逃してしまいそうで不安なんです」

「でも、真実を知って……」

真実を知って、どうなるのか——。

喉元まで出かかった言葉を必死に呑み込んだ。

その問いの答えは、誰よりも母親がいちばん理解しているはずだ。何をしても息子の命は戻ってこない。それでも真実を求める理由は、ひとつしかない。

生きることを諦め、死にたいという精神状態になるまで追い詰めたのは、誰なのか。彼女は、その相手を探し出したいのだ。最も悪い人間、真の罪人を見つけなければ、彼女は憎しみの蔦に絡め取られ、己を呪ってしまうのだろう。子育てに失敗したと嘆いていたのだから。

負の連鎖はどこまで続くのだろう。断ち切る方法はないのか——。

こめかみが疼く。その痛みを感じて初めて、私も加害者のひとりだと自覚した。青村が自死へ進む運命に、加担したのだ。

「私も一緒にクラスメイトに会います」

その決意の言葉に、慶子の目に涙が溢れてくる。彼女は安堵したように「すみません」と顔を伏せた。

ずっと孤独だったのだろう。それが誰かと一緒に闘うことで、生きる希望を見出せるようになったのだ。人の幸せを願える立場ではないのに、彼女の心が軽くなる日が来ることを祈っていた。

青村さん、どうか、お母さんを守ってください——。

*

約束の日、閉店時刻まで練馬区のファミレスで待ってみるも、結局、ホーリーホックと名乗る、美月のクラスメイトが姿を現すことはなかった。

一度は会おうと決意したが、直前で気持ちが変わってしまったのかもしれない。ホーリーホックのTwitterは閉鎖されていたため、連絡を取る手段はなく、解決できない疑問だけが胸に残った。

中三少女刺殺事件は、神奈川県の中学の教室で発生した。なぜホーリーホックは自宅近辺ではなく、練馬区のファミレスを約束の場所に選んだのか不可解な感触が残った。

腑に落ちないものを感じながらも、肩を落として店を後にすることしかできず、徒労感だけが重くのしかかってくる。駅までの道のりが、ひどく遠い気がした。

瞬きするたび、なぜか授賞式の日に見た青村の笑顔が、痛みを伴いながら舞い戻ってくる。私はずっと心に秘めていた思いを言葉にした。

「慶子さん、息子さんの本を刊行する気はありませんか」

「それは……信吾が決めることですから」

慶子は孤独を纏った笑みを浮かべて言葉を継いだ。「遺書には、『僕の作品が受賞したせいで事件が起きたなら、プラスチックスカイを刊行する資格はありません』と書いてありました。あの子の遺志に反することはしたくないんです」

遺族からの承諾がなければ、本を刊行することは叶わない。降り出した霧雨が、ふたりの身体を冷たく濡らした。

一瞬、帰るべき場所を見失ってしまう。

天を仰ぐと、大空は分厚い雲で埋まっていた。雲の向こうには、本当に星が煌めく空が存在するのだろうか。もうそんな事実さえ、信じられなくなる。

誰かの小さな悪意が灰色の雲を生み出し、少しずつ黒みを帯びて広がり、とんでもない豪雨を引き起こす。荒れ狂う大雨は、いつか誰かの命を奪うのだ。

青村の純真な言葉が脳裏を駆け抜けていく。

――僕は信心深くないけど、この世界に物書きの神様だけはいるって信じてる。だから、どんなに悔しいことがあっても、ネット上に誰かを傷つけるような言葉は書かないって心に誓ってるんだ。物書きの神様に嫌われたくないから。

やはり、慶子の育て方は間違っていない。それなのに、自分の想いを簡単に言葉にすることはできなかった。代わりに、心に秘めた想いが口からこぼれた。

「慶子さんが闘うなら、私も探します」

「探す？」

「あの事件の真相がなんだったのか、それを探そうと思います」

母親が今、どのような気持ちなのか推し量ることはできない。元担当編集者にできることはとても小さいことかもしれない。それでも――。左手にぬくもりを感じて視線を落とすと、慶子が私の手をぎゅっと握りしめていた。

星の見えない空の下、少しだけ力を入れて握り返すと、手と手で支え合うように身を寄せて最寄り駅まで歩を進めた。

ファミレスの一件で心が折れてしまうのではないかと心配したが、青村の遺族は諦めなかった。慶子は嫌がらせ電話の発信者やネット上で誹謗中傷していた相手を特定し、訴訟を起こす方針を固めたのだ。

そんな慶子との関係が途絶えたのは、二月の上旬頃だった。

これまで彼女はこまめに連絡をくれたのに、メールは何の予告もなく突然途絶えた。漠然とした不安が心に宿り、こちらから連絡してみるも返信はもらえなかった。

事件の真相を探すと宣言したものの、相変わらず私は、中三少女刺殺事件に関する週刊誌やインターネット上の書き込みを掻き集めて情報収集することしか思いつかなかった。

——中三少女刺殺事件、審判の日。どこまでも続く不幸の連鎖。

家に届いた『週刊ミスト』の見出しには、禍々(まがまが)しいタイトルが躍っている。

この雑誌は、小さな出版社から刊行されているゴシップ誌だ。出版業界では、他の週刊誌に比べ、信憑性の低い記事が多いと囁かれているが、中三少女刺殺事件に関する情報は余すところなく取り入れたかった。

記事には、審判の結果が載っていた。

今月の二月八日、加害者の遠野美月は第一種少年院に送致する保護処分を言い渡されたという。颯真が予想していたとおり、検察に逆送されることはなく、家庭裁判所の審判に付されたのだ。

たとえ審判が終わったとしても、慶子の苦しみは永遠に続く。そう思うと、虚しさばかりが胸に積もっていく。

次のページを捲った瞬間、心臓を抉り取られたような錯覚に襲われた。

どこまでも続く不幸――。

それは青村の自死に関する内容だった。

週刊誌には、自死する直前まで嫌がらせ電話の被害を受けていたことや恋人と別れたというプライベートなことまで載っている。読み進めていくと、シルバーフィッシュ文学賞に応募した加害者の作品がネット上で絶賛され、焦りを覚えた担当編集者が厳しい指導をしていたという内容も書かれている。

青村の『プラスチックスカイ』をどうしても刊行したかったのは、読者の心に響く作品だと信じていたからだ。だからこそ真剣に物語に向き合ってきた。だが自分は純粋な気持ちでも、作家からすれば心を蝕まれるような状況だったのだろうか――。少なくとも週刊誌の記者はそう受け取り、この記事を書いたのだろう。記されている内容を考慮すると、取材相手は青村の身近な人物だと推測できる。

慶子が週刊誌記者に話したのだろうか――。

霧雨の中、互いに手を握りしめ、身を寄せて歩いた夜。慶子と自分は、同じ心の傷を抱えた同志のような気がしていたが、すべて思い上がりだったのかもしれない。

青村の言葉が現実味を帯びて胸を掻き乱す。

――彼は関係ないかもしれないのに、僕の電話番号を知っているのは友だちくらいなので、どうしても疑う気持ちを抑えられなくて苦しくて。

今ならば自分のこととして、痛いほど実感できる。疑心暗鬼に陥り、すべての人間を疑いたくなってしまう気持ちが理解できた。あのときの青村も、誰もが敵に見えてしまったのだろう。

週刊誌をつかむと、懸命に記事に目を走らせた。最後まで読み終えたとき、真相が鮮明に炙り出されていく。

担当編集者が厳しい指導を行ったという証言をしたのは、青村の元恋人だったようだ。記事には『Aさん』と記載されている。新人賞を受賞すれば、すぐにデビューできると考えていた青村は、Aさんに「原稿の修正作業がこんなにも大変だと思わなかった」と漏らしていたようだ。

週刊誌に証言した彼女の行為を責めることはできない。身近な人間が自死したとき、誰かに責任を押し付け、自分に非はなかったと思いたい心境はよくわかる。

おそらく、青村が原稿の直しが厳しいという言葉を発したのは事実なのだろう。

なぜ慶子からの連絡が途絶えたのか得心した。週刊誌の記事を読み、元担当編集者に対して疑念が湧いたのだ。息子を死へ先導したのは、私、小谷莉子だったのではないかという不安が頭をもたげたのだろう。

人間関係は、合わせ鏡。私も初めて記事を読んだとき、慶子のことを疑ってしまった。彼女の心の支えになりたいという気持ちに嘘はないのに、それさえ疑念という筆で黒く塗りつぶされてしまったのだろう。

恐ろしい想像に目眩を起こしそうなのに、自分の感情とは裏腹に指は動き出した。

スマートフォンを手に取り、匿名掲示板のシルバーフィッシュ文学賞のスレを開く。

〈担当の編集者が自殺に追い込んだのかね〉

〈編集者って、何様なの？〉

〈小説なんて、ただの娯楽なのに熱くなりすぎ〉

〈パワハラ、セクハラ、アホらしい世界〉

〈どこの社会も同じようなもんだろ。弱いヤツが負ける〉

実際に自分が世間から責められるまで、ネット上の言葉がこれほど恐ろしいものだとは想像もできなかった。世界中の人間から責められている気がしてくる。心が凍りついて、まともな思考ができない。

真偽は判然としないのに、青村が残した言葉に疑念の色が混じる。

——小谷さん、親身になって向き合ってくださり、ありがとうございました。とても嬉しかったです。それだけは信じてください。

永遠に彼の真相に触れることは叶わないだろう。この息苦しさから解放される日は二度と来ないと実感した途端、すべてを終わりにしたくなった。

ゆっくり瞼を閉じると、生ぬるい涙が頬を伝った。中途半端な生ぬるさが、生を証明しているようで嫌悪感と罪悪感だけが胸に押し寄せてくる。前も後ろも、闇が蠢いていて身動きが取れない。滅びの気配だけが色濃くなっていく。

◇二〇二二年——春

ケヤキの並木道の途中で、視界がさっと仄暗(ほのぐら)くなった。

反射的に空を見上げると、分厚い灰色の雲が太陽を覆い隠している。

不穏な雲から目をそらし、私はハンカチを口元に当て、ベンチに腰を下ろした。ジャケットのポケットからオレンジ味の飴を取り出し、急いで小袋を破って口に入れる。

顔を伏せ、胃のむかつきが治まるのを待った。時折、軽い悪阻の症状が現れて振り回されてしまう。日によって波があるので、まったく予想がつかなかった。深呼吸し、鞄から取り出したミネラルウォーターを口に含んだ。

お腹に手を当てると、徐々に吐き気が和らいでいく。

息を吐きながら立ち上がり、再び並木道を進み、塀に囲まれた敷地内に入った。長い敷石の道は、来訪者を誘導するように施設まで続いている。

私は歩を進め、施設に入ってから受付窓口に入館証を提示した。

「こんにちは」

「篤志面接委員の白石結実子さんですね」

五十がらみの男性職員が、入館証を慎重に確認している。

彼は受付から出てくると、ＩＣカードを手に最初のドアを開けた。

目の前の廊下は埃ひとつなく、艶やかに輝いている。ふたり分の靴音を響かせて、長い廊下を進んでいく。いくつか施錠されているドアを通り抜け、教務課に立ち寄ってから、再び男性職員に面接室まで案内してもらった。

午後二時五分前。私は誰もいない面接室で、小窓から外を眺めた。

広々とした芝生の庭には、シラカシの樹が植えてある。大きく育った枝葉の茂みから、二羽の小鳥が寄り添うように飛び立っていく姿が見えた。翼を広げた鳥は、灰色の空に徐々に遠ざかっていく。その光景を目で追っていると、窓に雨粒が張り付いた。どんどん数が多くなり、雨は激しさを増していく。

後方でノック音が聞こえたので顔を向けると、法務教官に連れられてひとりの少女が室内に入ってきた。

「こんにちは」

声をかけると、美月は少しだけ笑みを浮かべた。

彼女が椅子に座るのを確認してから、法務教官はこちらに一礼し、部屋から出ていった。

ドアが閉まり、室内はしんと静まり返る。聞こえるのは、雨音だけだった。

机の上には、原稿用紙、鉛筆、面接の会話を記録するノートが置いてある。それらを確認しながら、私は椅子に腰を下ろした。

「体調は大丈夫？」

美月の顔色が少し悪いように見えた。

窓の外に目を向けていた彼女は、ゆっくりこちらに視線を移してから首を傾げた。

「白石先生、前回と雰囲気が変わりましたね」

「変わった？　どんなふうに」

「今日は緊張してないように見えます。私の体調を気遣ってくれる余裕もある」

こちらを見つめてくる瞳には、警戒の色が混じっている。

無理もない。関係の浅い大人と向き合うのは、子どもにとっては想像以上に緊張を強いられるものだ。けれど、相手の心のバリアを取り除かなければ、本心に触れることはできない。

私は笑みを浮かべて口を開いた。

「正直に言うと、一回目の面接はとても緊張していた。別の施設で篤志面接委員の経験があったけど、これまでは集団面接だったから、一対一は初めてでドギマギしてしまいました」

そう伝えると、彼女は可笑しそうに少しだけ目を細めた。

私はノートを広げ、一回目の面接の記録に目を向けた。もしかしたら彼女も、前回は緊張していたのではないだろうか。正面にいる美月は、肩の力が抜けているように感じた。

「前回の面接のとき、白石先生は私のことが知りたいと言ってくれました」

「うん。あなたのことが知りたい」

「だから人を殺してしまうのかもしれませんね」

「誰かに自分の気持ちを知ってほしくて、人を殺めたの？」

「殺人犯になる前、普通の人間だった頃は、大人は誰ひとり、私について知ろうとしてくれなかったんです。興味もなかった。それなのに人を殺した途端、大人たちは私のことを気にかけるようになりました」

自己顕示欲が強く、子どもじみた発言だと切り捨てることはできなかった。彼女が言うように、事件が起きるまで、周囲の人間たちは誰も危険な兆候に気づけなかったのだ。

どうやら美月には、自分がなぜそう感じているのか冷静に客観視する能力が備わっているようだ。発せられる内容も口先だけのものではなく、深く吟味した痕跡がある。だからこそ、大人の心を不安に染めるのだ。

「もしも誰かに気にかけてほしかったなら、殺人ではなく、軽犯罪でもよかったんじゃないかな」

不穏な空気に引きずられないように問いかけると、美月はくすっと笑ってから応じた。

「軽犯罪くらいで、本当にここまで深く向き合ってくれたのでしょうか。希少価値がなければ無理ですよね」

希少性の原理——。

人間は手に入らない、数の少ないものに対して高い価値を感じるようになる。

美月が人を殺したのは十五歳のときだ。中学生の殺人は珍しい。未成年の犯罪心理について研究している専門家の中には、彼女の心理に触れてみたいと思う者も多くいるだろう。少なくとも、大人たちがこんなにも真剣に向き合おうとするのは、未成年者が重罪を犯したからに他ならない。

この先、どのように会話を進めるべきか——。

きっと、短絡的な犯行ではなかったのだろう。とはいえ、考え抜いた末の犯行だとしても、殺人を犯すとは常軌を逸している。彼女からは反省の色が見られない。けれど、現時点でそれを責めるのは尚早だ。心が成長しなければ、真の更生に導くことはできない。罪を断罪するよりも、質問を優先するべきだと判断した。

「美月さんが書いた小説を読んだ。最初からドライブ感があって、物語の中にどんどん惹き込まれていった。どうしてあの題材で物語を書こうと思ったの？」

「共感力が欠如している人に憧れていたからです」

「どんなところに魅力を感じるのかな」

「利己的で自分の非を一切認めずにいられたら、生きていくことが楽になると気づいたんです」

なぜだろう。瞳に激しい憎悪の色を隠しているように見える。話し方は柔らかいのに、誰かを攻撃しているような雰囲気が潜んでいた。

私はノートに会話を記録しながら、彼女の家庭環境を把握するために訊いた。

「さっき、『大人は誰ひとり、私について知ろうとしてくれなかった』、そう話していたけど、ご両親もあなたに興味がなかった？」

「そうですね。正確に言うと、実の父と新しい母です」

「本当のお母さんは？」

美月の顔に鮮やかな笑みが広がる。

きっと、「本当のお母さん」という言葉が嬉しかったのだろう。何か実母に対して執着のようなものを感じた。母親の話をするときは細心の注意を払う必要がある。

美月は顔に笑みを残したまま口を開いた。

「本当の母は、いつも私を大切にしてくれました。優しくて、思いやりがあって、お料理もうまくて、明るくて」

「この世界に、お母さんが嫌いな人なんているんですか」

美月は首をひねると、心の底から不思議そうな顔をしている。

彼女の周りには母子関係が良好な子どももしかいなかったのだろうか——。

親子とはいえ、良好な関係を築けない者もいる。思春期の難しい時期なら尚更、両親との関係は複雑になるものだ。それが理解できないくらい、母親を愛していたのだろうか。そして彼女も愛されていた？

何か不自然さを感じ、私は訊きづらい質問を投げた。

「お母さんは、病気で亡くなってしまったんだよね」

美月は表情を隠したまま首肯した。

その後、言葉を胸の内に仕舞い込んでしまったかのように、きつく口を結んでいる。彼女の心の引き出しはどれほど深いのだろう。

いつまでも黙りこくっている姿に不穏な感触を覚えた。言葉にならない想いを、どこかに隠し持っている気がして、私は尋ねた。

「お母さんを亡くしてから、寂しかった？」

「寂しさよりも、後悔しました」

「どんなふうに？」

「もっと優秀で、完璧に生きられたらよかったのに、そう後悔しました」

「美月さんは冷静沈着で、とても賢い人に見えるけど」

こちらは褒めたつもりなのに、相手の眼光が鋭くなる。嘘だと受け取ったのだろうか。彼女はすぐに感情を消して、冷ややかな視線を向けてきた。

初めて見せる攻撃的な態度——。

私は身体の緊張を隠し、美月の眼差しを正面から受けとめた。

さっき投げたのは、体裁のいい言葉に聞こえたかもしれないけれど、偽らざる本心だった。何も疚しい気持ちはない。

束の間、探るように無言で見つめ合った後、彼女は薄い唇を開いた。

「白石先生は、後悔していることはありますか」

雨音にかき消されてしまうほど小さな声が耳朶に触れた。

彼女の瞳には好奇心が宿っている。他人の心に触れたいなら、あなたも胸の内を晒しなさい、澄んだ瞳がそう急かしてくるようだった。

ここで自分の体験を語る意味はあるだろうか——。

教育実習のとき、参考書に掲載されていた志望動機を生徒の前で披露した。まだ大学生だったとはいえ、当時の愚かな自分を思い返すと情けなさが募ってくる。

私は頭を働かせ、美月の秘めた想いを引き出す方法を模索しながら窓に視線を移した。横殴りの雨のせいで、景色がぼやけている。今、彼女がどんな表情を浮かべているのか気になったけれど、敢えて視線をそらしたまま言葉を吐き出した。

「小学五年の頃、ひとりのクラスメイトがこの世界から姿を消した」

「神隠し、それとも誘拐ですか」美月は抑揚を欠いた声で訊いた。

「どちらも違う」

「それなら、殺人ですか」

「そうね。彼女は親から虐待されて、ひどい暴力を受けて亡くなった」

美月の顔を見ると、無表情を貫いている。そこにどんな感情があるのか読み取れなかった。話の内容をすべて理解するまでは、敢えて感情を排除しているのかもしれない。他人の言動に影響されない強さがある。やはり、この子は思慮深くて、とても賢い。

私は記憶の中に棲む、クラスメイトの姿を思い浮かべながら口を開いた。

「亡くなったのは、朝花というクラスメイトだった。彼女は学校でも辛い経験をしていた」

「家で虐待を受けていたなら、学校は安全な場所だったはずですよね」

私は微笑みながら、かぶりを振った。

「彼女はクラスメイトから虐めを受けていたの」

「虐め？　その話のどこに後悔があるんですか」

「私は虐めの現場を目撃しても、見て見ぬふりをしていた」

どうしてだろう。誰にも語らなかった出来事を、美月の前では素直に口にしている自分がいる。人殺しよりも最低な行為はないという安心感から、己の愚かな過去を話しているのだろうか。彼女なら受け入れてくれるはずだ、そんな浅はかな期待が胸に満ちていく。

私は淡々と言葉を放った。

「後悔はもうひとつある。母校の高校に教育実習に行ったとき、ある夢を抱いている生徒に出会った。私は軽々しく、その生徒に『夢を叶えてね』という言葉を残した。六年ほど時が経ち、その生徒は長年の夢を叶えた。けれど、彼は夢を叶えたせいで、この世を去ってしまった。死因は、自殺」


——いつか夢を叶えてね。青村信吾さんの小説を読むのを楽しみに待ってるから。

もしも自死する運命がわかっていたら、あの台詞を残さなかっただろう。

美月は感情がつかめない顔で口を開いた。

「ある出来事に対して何かできたと思うのは、傲慢だと思います」

その言葉は冷たい響きを含んでいるけれど、よく考えれば、彼女の優しさなのかもしれないと思い至った。後悔なんてしなくていい。誰にも何もできなかったのだから——。けれど、本当にそうだろうか。人の死を、犯罪を、未然に防げる手立てはひとつもなかったのだろうか、そう繰り返し考えてしまう自分がいる。そんな人間は傲慢なのだろうか。

ノートに視線を落としてから、慎重に言葉を選んで尋ねた。

「一回目の面接で、『ボランティアをする理由は、善人だと思われたいからですか。それとも何かの罪滅ぼしですか』そう訊いたよね」

「質問しました」彼女は落ち着いた態度で返答した。

「美月さんの考えは、半分だけ正解」

「もう半分は？」

「何度でも言う。私は、あなたのことが知りたい」

彼女は乏しい表情のまま、素早く瞬きを繰り返した。

「面接の貴重な時間に自分の話ばかりしてしまって、ごめんなさい」

私は原稿用紙に目を向けてから続けた。「美月さんは小説を書くのが好きなんだよね？」

「書くのも読むのも好きです。小さい頃から本はよく読んでいました」

「好きな作家はいる？」

「たくさんいます。いちばん好きな作家は、青村信吾です」

青村信吾──。

彼の自死が報じられたのは、先月の二月。拘束されていた美月は、その事実を知らないはずだ。それにしても、好きな作家に青村信吾の名を挙げる心境が理解できない。美月は同じ新人賞に応募し、最終選考で落選したのに──。

どれほど見つめても、彼女の邪気のない瞳からは真実を窺い知ることはできなかった。

私は努めて冷静に言った。

「青村さんの作品は、まだ刊行されてないけど」

「去年、文芸誌に受賞作が全文掲載されていました」

「すごいね。ちゃんと受賞作に目を通したんだ。それを読んで好きになったの？」

「はい。そうです」

作家は、この世界に数多といる。それなのに、まだ一冊も本になっていない人物をいちばん好きだというのは不自然に感じた。

少しだけ意地悪な質問を投げて、相手の心を揺さぶってみた。

「最終選考で落選して悔しくなかった？」

「哀しかったけれど、悔しくはありません」

「どうして」

「青村信吾の『プラスチックスカイ』は、とても好きな物語だったからです」

やはり、どれほど眺めてみても、無邪気に答える美月から心情を読み取るのは難しかった。

原稿用紙の表紙を捲ると、そこには『私の本当の犯行動機を見つけてください』と書いてある。

指先で美しい文字に触れてみた。

どんな思いが込められているのだろう——。

私は独り言のように口にした。

「文学賞に落選したから、殺害したわけではない」

「前回も言いました。それは真の犯行動機ではありません」

「美月さんは、どうして私に犯行動機を見つけてほしいと思うの？」

「父は約束を守らない人だからです」

「もう少し詳しく説明してもらえると嬉しい」

「本当の犯行動機を見つけて、父に伝えてほしいんです」

私は共感するような口調を心がけて提案した。

「美月さんの口から教えてもらえたら、私があなたのお父さんに伝えてもいいけど」

「それでは意味がありません。心から反省するためには、自分で気づかなければならないからです」

人を殺害した人間の発言だとは思えないけれど、ここで頭ごなしに反論しても意味はない。反省できるタイミングを間違えると、心を閉ざしてしまう期間が長くなる。これまでの篤志面接委員の経験から学んでいた。しかも、彼女の言葉は正論でもある。他人から苦言を呈されても、心の底から反省できる人間は少ないだろう。自らが苦しみながら、己の黒い面と向き合い、乗り越えていくしかない。二度と同じ間違いを犯さないように——。

私は気になっていたことを尋ねた。

「美月さんのお父さんには、反省すべきところがある？」

「そうです。でも、ダメな人だから、すぐに放棄するんです」

「だから、私も一緒に犯行動機を見つけてほしいということ？」

「正解です。白石先生と父、ふたりだけで本当の犯行動機を見つけてください」

「つまり、あなたは父親に気づきを与えたくて人を殺害した」

「必要悪です」

認知的不協和だろうか——。本当は殺人が悪いことだと理解している。けれど、目的があれば殺してもいいと自分を納得させているのだろうか。

「白石先生は本当の犯行動機を探してくれますか？　前回も言いましたが、私の願いを叶えてくれたら、私も先生の願いを叶えます」

彼女は妖艶な笑みを浮かべながら言葉を継いだ。「ギブアンドテイク。ふたりだけの秘密です」

芝居がかった甘い声——。

雨音だけが響く部屋で、ふたりの視線が交錯する。

私は目をそらすと立ち上がり、窓際まで行き、外を眺めた。

雨はやみそうもない。このまま太陽が姿を現さなければ、植物はいずれ枯れてしまうだろう。枯れ果てた大地に残るのは、仄暗い絶望だけだ。

霞んだ視界をクリアにするためにも、犯行動機の解明は避けて通れない。彼女にとっての太陽は、どこにあるのだろう。

*

青山のカフェで待っていると、店のドアが開き、背の高い男性が現れた。腕時計は、午後一時四十分を示している。まだ約束の二十分前だ。

長身の男性は、濃紺のサマージャケット、オフホワイトのスラックス姿。電話で事前に服装を教えてもらっていたので、八坂弁護士だとすぐに気づいた。

私が椅子から立ち上がると、彼は迷いのない足取りでこちらに向かってくる。シャツの上からでもわかるほど胸板が厚く、近くに来ると威圧感があった。透明感のある綺麗な肌だが、目尻のシワから四十代ぐらいだろうと予測した。

「白石さんですか？　八坂賢太郎と申します」

「白石結実子と申します」

簡単に挨拶を済ませてから、窓際の四人がけのテーブル席に腰を下ろした。

近寄ってきた店員が水の入ったグラスをテーブルに置くと、八坂弁護士はミックスサンドとコーヒーを注文したので、私はハーブティをお願いした。

「すみません。ランチを食べ損ねてしまったので」

八坂弁護士は柔らかい笑みを湛えながら続けた。「白石さんは、美月さんの篤志面接委員をされているんですよね」

「はい。担当になってから、まだ日が浅いのですが」

「田辺次長から篤志面接委員は志の高い方が多いと伺っています」

「私は……役に立てているかどうかわからなくて」

八坂弁護士は、ご謙遜でしょと笑ってから、運ばれてきたコーヒーを半分ほど一気に飲んだ。

私もハーブティを口に含むと、彼はさりげない口調で訊いた。

「美月さんは、元気でやっていますか」

「体調に問題はないと思いますが、少し気になることがありまして……あの、八坂さんは、美月さんの父親からの依頼で担当弁護士になられたんですよね」

「そうです。十年ほど前から遠野さんの会社の顧問弁護士を務めていたので、その流れで」

八坂弁護士は眉根を寄せながら言葉を繋いだ。「去年、美月さんが殺人未遂容疑で現行犯逮捕されたという連絡を受けたときは、とても驚きました。これまで素行に問題があるという話は聞いたことがなかったので……それに当時、彼女は十五歳でしたから」

「犯行後、最初に美月さんに会ったとき、どのような様子でしたか」

「警察署で接見したときは、ほとんど口を利いてくれませんでした。一言だけ『私は死刑を希望します』と話しただけで」

予想外の言葉に驚きを隠せず、反射的に「死刑？」と問い返すと、こちらの動揺とは対照的に、彼は柔らかな笑みを浮かべて口を開いた。

「いくら本人が希望しても、少年法では犯行時、十八歳未満であれば死刑にならないよう規定されているので、その心配はしていませんでした」

彼は淡々とした口調で付け加えた。「けれど一方で、彼女は刑事処分の対象年齢の十四歳以上です。保護処分ではなく、刑事処分が相応しいと判断されて逆送された場合、成人と同様に刑事裁判にかけられることになるので、それを考慮して慎重に話し合いを進めていきました」

田辺次長から聞いた内容を思い出しながら、私は不自然にならないように心がけて尋ねた。

「美月さんの犯行動機はいくつかあり、供述が変わっていったという話を聞いています。どのような経緯だったのか教えてもらえませんか」

「当初、美月さんが供述したのは、文学賞に落選し、哀しいので殺害に及んだという内容でした」

やはり、最初に証言した犯行動機は、文学賞絡みの内容だったのだ。

私は頭に浮かんだ疑問をそのままぶつけた。

「後に、別の動機が出てきた理由はわかりますか」

「文学賞の落選の連絡を受けたのは、去年の八月の下旬。つまり、事件が起きる二ヵ月ほど前になります。警察から『なぜ落選の連絡を受けてからすぐに決行しなかったのか』そう指摘された途端、今度は友だちを助けるために殺害したと供述し始めたんです」

「どうして急に変えたのでしょうか」

「彼女の心理を完全に理解することはできませんでした。僕の仕事は決められた時間内に、依頼人にとって有利になる情報を集め、処分の軽減を目指すことです。そのためにも学校関係者や数名のクラスメイトから話を聞きましたが、明確な犯行動機は判明しませんでした」

「被害者の穂村マリアさんが虐めをしていたというのは事実だったんですか」

「事実でした。虐めの被害者は三人。男子ひとりに女子ふたり。その中には、美月さんと親しい間柄の生徒も含まれていました」

「友だちのために復讐したのでしょうか」

「そこも曖昧で……警察が四回刺したのはなぜか問い質したとき、美月さんは急に自分自身も虐めを受けていたと供述したんです。だから自分の分も含めて、被害者を四回刺したと話していました」

「実際に彼女も被害に遭っていたんですか」

「確実な証拠は入手できませんでした。美月さんは、事件の前日に被害者から教科書をゴミ箱に捨てられたから殺したとも話しているんですが、その行為を目撃したクラスメイトを探し出すことはできなくて」

美月が虐めを受けている現場を誰も目撃していない。以前、田辺次長から聞いた話と符合する。

それにしても、なぜこんなにも犯行動機が変わっていくのだろう。

ミックスサンドがテーブルに運ばれてくると、彼はすぐに食べ始めた。おそらく、ランチの時間が取れないほど忙しい身なのだろう。

食べている途中だったが、私は質問をぶつけた。

「八坂さんは、今も美月さんと面会しているのでしょうか」

「民事で賠償問題も控えているので、今後も面会には行こうと思っています」

田辺次長は、美月の父親は一ヵ月ほど面会に来ていないと言っていた。

——養育者がダメな人間だからです。

ふいに美月の言葉がよみがえり、気がかりなことを尋ねた。

「美月さんのご両親はどのような方なのでしょうか。親子関係はうまくいっていましたか？」

八坂弁護士は表情に出さないようにしているが、目の奥に警戒の色が見え隠れしている。

無理もない。彼は美月の父親の顧問弁護士なのだ。余計な発言は控えなければならない立場にある。

現在、インターネット上には美月だけでなく、父親に関する情報も拡散されていた。真偽は定かではないが、父親の名前は遠野涼介（りょうすけ）。都内の一流大学に入学後、テニスサークルに所属していたという。愛車はフェラーリとベントレー。その車で仲のいい友人たちとドライブに行くことも多かったという。涼介の父親が所有する軽井沢の別荘でバーベキューを楽しむこともあったそうだ。

学生時代と変わらず、結婚後も友人たちと飲み歩く生活は続いていたようだ。ニュースのコメント欄には、妻を病気で亡くしてからも自分の遊びを優先していたため、子育てが疎（おろそ）かになっていたのではないかという憶測が流れていた。『未成年のモンスターを作り出したのは父親だ』そう糾弾する声も溢れている。

唐突に、窓を叩く音が耳に飛び込んできた。

緊張していたせいか、雨が降り出していることにまったく気づかなかった。瞬く間に、雨は激しさを増していく。

霞んでいく外の世界から目をそらし、八坂弁護士の言葉を待っていると、少しして彼が物憂げな表情で言った。

「簡単に言えば……父親はテニス好きのさっぱりした人物ですよ」

軽く説明を終えると、彼は窓の外に視線を向けながらコーヒーを飲んでいる。

これ以上、顧客について深掘りされたくないという雰囲気を醸し出しているが、私は真相に迫りたい一心で質問を重ねた。

「父子の関係は、良好だったのでしょうか」

「家庭の事情は詳しくはわかりませんが、何か揉めていたという話は聞いていません」

「新しいお母さんとの関係は？」

「継母は、遠野さんが経営するカフェの店長だったんです」

「カフェ……父親は不動産業を営んでいるのでは？」

「五年ほど前、遠野さんの所有している古いマンションが街の再開発の対象になり、高額な立ち退き料が得られることになったんです。それを元手にして不動産業と同時に、神奈川でカフェの経営も始めました。カフェの運営を任されていた女性が、遠野さんの再婚相手なんです。まだ若いけれど、落ち着いていて優しい雰囲気の女性でしたよ。母子関係には、特に問題はなかったと思います」

八坂弁護士は少し身を乗り出し、興味深そうに訊いた。

「白石さんは、親子関係に関して気になることがあるんですか」

どこまで伝えていいものか見極められず、一旦、口を噤んだ。

少年院の職員たちは、院生に対して更生できているかどうか評価しなければならない立場にある。けれど八坂弁護士は、これからも民事で美月の弁護を続けていく人物だ。おそらく、彼女の不利になるような動きはしないだろう。

私は思い切って本題を口にした。

「これは他言しないでいただきたいのですが、美月さんには隠された本当の犯行動機があるようなんです」

「それって……これまで供述したもの以外の動機があるということですか」

「そうです。それを私に探してほしいと」

今まで穏やかだった八坂弁護士の顔がさっと曇った。

「彼女は冗談を言っているのではないでしょうか。もしくは、篤志面接委員をからかっているのかもしれませんよ」

彼は自分が知り得ない話を聞いて不快に感じたようだ。

「面接中、彼女が嘘をついているようには見えませんでした。私に本当の犯行動機を探してほしいと依頼したのは、何か心に引っかかるものがあり、前に進めないからではないかと考えています」

「審判前、家裁の調査官からも面接の状況を聞きました。審判の最中も付添人として傍にいましたが、別の動機について匂わす素振りは一切ありませんでしたよ」

八坂弁護士からは〝あなたの勘違い、もしくは遊ばれているのではないか〟という空気が伝わってくる。

私は勇気を振り絞り、声を上げた。

「もし可能であれば、彼女の父親に一度、お会いしたいのですが」

「面会を求める理由は？」彼は語気を強めた。

「ご存知かもしれませんが、現在、美月さんは課題の作文を拒否し、向き合おうとしません。会話のすべてをお伝えすることはできませんが、面接中、何度か家族の話が出てきて……少し気になる発言があったんです」

八坂弁護士は眉間にシワを寄せて腕を組むと、しばらく考え込んでいた。

重苦しい沈黙が流れた後、彼は溜息をついてから口を動かした。

「わかりました。このまま少年院の課題に取り組まず、更生の見込みを示すことができなければ出院は難しくなりますよね。それは彼女の父親も望んでいないでしょう。遠野さんから承諾を得られたら、後日、ご連絡します」

私は「ありがとうございます」とテーブルに額がつく勢いで頭を下げた。顔を上げると、八坂弁護士の身体から険しい雰囲気は消えていた。

「白石さん、ボランティアでしょ？　ずいぶん熱心なんですね」

「彼女の真実が知りたいんです」

「親類でもないのに、どうしてそこまで」

私は曖昧に微笑むと、喉元まで迫り上がってくる「罪滅ぼしかもしれません」という言葉をハーブティで呑み込んだ。

＊

「白石先生、こんにちは」

午後二時。法務教官と一緒に現れた美月は、自ら明るい雰囲気で挨拶した。

あまりの変容ぶりに、「こんにちは」と返す声には動揺が滲み出てしまう。もしかしたら、二回の面接で少しだけ心の距離が縮まったのかもしれない。

「美月さんは小説が好きだから、物語を創るのは楽しいでしょ？」

その何気ない法務教官の問いかけに、私は咄嗟に身を硬くした。

この部屋で行われているのは小説の書き方を教える授業ではなく、美月の心の中にある真実を探る面接だ。一介の篤志面接委員が職員に報告もせず、事件の犯行動機を探っていると知られたら心証が悪くなるだろうか——。

緊張した空気の中、動揺を押し隠しながら、ふたりの様子を窺っていると、美月は物怖じすることなく堂々と返答した。

「面接の時間は、とても楽しいです」

「普段は私語が禁止されていてストレスも多いと思うから、ここでは自由に何でも相談しなさいね」

法務教官はそう言い残し、一礼してから部屋を出ていった。

美月は簡単には感情を乱されない強さがあるうえ、その場に適した言葉を探し出す能力も備えている。恐ろしいほど冷静な子だとつくづく感心してしまう。

涼やかな表情の美月は、何事もなかったかのように正面の椅子にゆったりと腰を下ろした。私も席に着いてから顔を上げると、彼女はこちらをしげしげと見つめながら口を開いた。

「今日はノートに記録しないんですか」

予期せぬ言葉に、私は慌ててノートを開いて鉛筆を手に取った。

「面接が終わってからだと思い出せない内容もあるから、ちゃんとノートに記入しないとね」

「白石先生、なんだかこの前とは違う人みたいです」

「違うって……どういう意味かな」

「まるでビリー・ミリガンみたい」

私は息を潜め、美月の瞳を見返した。

ウィリアム・スタンリー・ミリガン。愛称は、ビリー・ミリガン。

大学の頃、発達心理学の講義で興味を持ち、彼を題材にしたダニエル・キイスの小説を読んだことがあった。ビリー・ミリガンは強盗強姦事件で逮捕されたが、解離性同一性障害のため、裁判で無罪になった人物だ。

解離性同一性障害は、かつては多重人格障害と呼ばれていたもので、ひとりの人間の中に別人格が現れる神経症だった。ビリー・ミリガンは自分の中には、何十人もの人格が棲んでいて、彼らが殺人を犯したと主張していたという。

私は平静を装い、ノートに会話を記入しながら訊いた。

「どうして、そんなふうに思うの」

「今日の白石先生は、少しだけ緊張しているように見えます。前回はとてもリラックスしていました」

「美月さんは、すごいね。他人の感情を敏感に察知できる」

「なぜ緊張しているんですか」

私は心を鎮め、適切な言葉を探した。人の感情を読み取る能力に長けている彼女に嘘をつくのは得策ではないと判断し、正直に伝えた。

「この前、八坂弁護士に会って、審判までの詳しい経緯を聞いた」

不快に思うかもしれないと警戒したが、美月は柔らかい笑みを湛えながら言った。

「嬉しいです。約束を守ろうとしてくれているんですね」

「今度、あなたのお父さんにも会おうと思ってる。仕事が忙しいみたいで、少し先になるけど」

「やっぱり、白石先生は信頼できる大人だと思っていました」

素直に喜んでいいものかどうか迷ってしまう。掌の上で転がされているような気もして、警戒心は解けないままだった。

美月は少し前のめりになると、こちらの瞳を覗き込むようにして尋ねた。

「八坂弁護士は、どんな人物だと思いましたか」

突然、想定外の質問を投げられ、返す言葉に迷った。

彼女の中にある感情を読み取ろうとするも、能面のような表情からは何も窺えず、混乱は深まっていく。黙したまま観察していると、美月は口角を少しだけ上げて微笑んでみせた。まるで人を小馬鹿にするような笑みだ。

私は心の中にある、彼の印象をストレートに伝えた。

「短い時間だったから正確な人柄は把握できなかったけど、堂々としていて、自分に自信がある
タイプに見えた」

「私は……白石先生のほうが好きですよ」

「嬉しいけど、どうして」

「いつも自分に自信がなくて、怯えているからです」

彼女は捨てられた子犬を憐れむような眼差しを向けてくる。

やはり、八坂弁護士が言うように、からかわれているのかもしれない。彼の予言が現実となり、
軽い虚しさを覚えた。

私は気持ちを切り替えて、さりげない口調で尋ねた。

「八坂弁護士に会った後、ある疑問が生まれた」

「どんな疑問ですか」

美月は弾むように促すと、挑戦的な視線を投げてくる。

「あなたは警察から犯行の動機を訊かれるたび、次々に供述を変えたようだけど、それはどうし
て?」

「人間って、そんなに単純な生き物ではないからです。たくさん質問され、色々考えているうち
に変わってしまったのかもしれません」

「私は、あなたが何かを隠しているように感じた」

「それって、想像ですよね」

「そうね。憶測よ」

気に障る発言をしたのか、美月の顔から、すっと表情が消えた。

確信めいたものが脳裏に立ち上がる。やはり、彼女は何か気づかれたくないものがあるのだ。それを隠すために、表情も消す。けれど、真の犯行動機を探ってほしいと頼んできたのは、紛れもなく彼女自身なのだ。

考えを巡らせ、頭の中を冷静に整理してみる。

ノートを捲り、八坂弁護士との会話を振り返ってみた。第一の動機は、文学賞に落選して哀しいから人を殺したというものだった。

私は話の方向性を決め、第一の動機を念頭に置きながら尋ねた。

「シルバーフィッシュ文学賞の落選の連絡を受けたのは、去年の八月の下旬だったそうね」

「はい。そうだったと思います」

「落選の連絡を受けてから、二ヵ月後に事件は起きた。なぜ二ヵ月も経ってから事件を起こしたのか、そう警察に追及されると、今度は虐められているクラスメイトを助けるために穂村マリアさんを殺害したと供述を変えた」

「そうですね。間違っていません」

他人事のように突き放すような返答だった。

私も淡々とした口調で話を続けた。

「虐められていたクラスメイトは三人。警察が、なぜ四回刺したのか尋ねると、今度は自分も虐められていたと供述し始めた。けれど、八坂弁護士が調査をした結果、あなたが被害者から虐めを受けていた形跡は見つからなかった」

「やり方がうまかったので、見つけられなかったのかもしれませんね」

「警察から追及され、うまい答えが見つからなくなると、あなたは新たな動機を持ち出してくる。だからこそ、すべて欺瞞に満ちた供述のように思えてしまう」

私は真実に近づきたくて核心に切り込んだ。「次々に動機を変えた理由は、本当の動機を隠すため。違うかな？」

「意味がわかりません。でも、真実を知るためには疑うことも必要ですよね」

彼女の口元が微かにほころんでいる。

真剣に向き合っているせいか、小さな苛立ちが胸の中で爆ぜた。

「大人びた口調。知能もとても高い。でも、やはりまだ子ども。論理的に考えることができず、警察から追及されるたびに辻褄が合わなくなり、ほころびを縫い合わせるのに必死になり、一貫性がなくなる」

美月は哀しげな表情を作りながら言った。

「想像力が豊かなんですね」

「この予想は外れてる？」

「想像はとても怖いもの。私は勝手にわかったふりをする人間が大嫌いです」

美月は瞬きひとつせず、意味ありげに視線を絡ませながら薄い唇を開いた。「世間の人たちは、私が起こした事件についてどんなふうに言っていますか」

言葉の意味を解しかねていると、彼女は消えそうな声で続けた。

「最も悪い人間は、加害者です。世間の人たちは、次に悪い人間は誰だと責めていますか。被害者、親、教師、クラスメイト？」

なぜそんな質問をするのか理解できず、私は口を閉ざしたまま美月を見つめた。彼女は頬を紅潮させながら、こちらに敵意のこもった視線を向けてくる。

どんな理由があろうとも、人の命を奪ってはならない。最も悪いのは加害者だ。けれど、世の中には虐めていた側が悪いという者もいる。未成年が起こした事件だからこそ、親が悪いという人もいる。

一体、彼女はどのような返答を期待しているのだろう――。

「白石先生は、誰がいちばんの悪人だと思っていますか？」

「私には誰かを断罪できる資格はないから……」

思わず、嘘がこぼれ落ちた。胸の内では、明確な答えが用意されている。けれど、この場で素直に口に出すのは躊躇われた。

彼女は真実を探るように双眸を細めた後、感情を押し殺した声で言った。

「もしかしたら、まだ信用してはいけないのかもしれませんね」

「何の話？」

「あなたを信用してはいけないという意味です。白石先生は、私のことが嫌いですか？」

「好悪の感情を抱けるほど、美月さんについて知らないから……これから深く知りたいと思ってる」

「その言葉に嘘がないなら、早く父と一緒に本当の犯行動機を見つけてください」

「そうね。与えられた面接期間は限られているから」

美月は椅子の背に身体を預け、きつく唇を引き結んでいる。

視線を交錯させ、探り合うような言葉を投げ合い、互いに相手の心理を読もうとする。この不毛なやり取りを続けて、いつか真相にたどり着ける日は来るのだろうか——。

こちらの不安など歯牙にもかけず、彼女は笑みを忍ばせながら言葉を放った。

「やっぱり、前回の先生とは別人みたい。自分に自信がなくて、心に余裕がない。表情も少しだけ寂しそう」

「もしかしたら……私の中にも別人格が棲んでいるのかもしれない」

「自分のことが怖いですか」

彼女の疑わしそうな目をまっすぐ見据えながら、私は口を開いた。

「怖くない。でも、情けないと思う」

「大丈夫。私はそんな白石先生が好きですよ」

美月は口角を少しだけ上げ、笑みを刻んでみせた。

＊

田園都市線の『西港プラーザ駅』で下車し、街路樹が植えられた歩道を進んでいく。

大通りから外れ、小道に入って五分ほど歩くと商業施設は消え、閑静な住宅街に行き着いた。

周囲には見るからに立派な家が建ち並んでいる。その中でも一際広い敷地に建つ一軒の家に目が引き寄せられた。広大な敷地は、生け垣に囲まれている。庭の芝生は美しく手入れされ、午後の暖かい陽光を受けて青々と輝いていた。

緑の庭の奥には、近代的なデザインのキューブ型の建物が構えている。門柱の表札には『遠野』と書いてあった。

「白石さん、一緒に中に入りましょう」

道の先に視線を移すと、笑顔の八坂弁護士がこちらに向かって歩いてくる姿が目に入った。細身のスーツ姿にダークブラウンの革靴。左胸には、弁護士バッジが輝いている。

美月の父親は、八坂を交えて三人ならという条件付きで面会を了承してくれた。家の前で待ち合わせをしていたのだ。

八坂弁護士が慣れた手付きで呼出ボタンを押し、インターフォン越しに来意を告げると、「お入りください」という声が返ってくる。鍵のかかっていない門扉を開き、玄関まで続くコンクリートのアプローチを歩いていると、彼は少し棘のある口振りで注意事項を口にした。

「ご理解いただいていると思いますが、美月さんのご家族から聞いた話は一切口外しないと約束してください」

美月の父親は明確な目的があり、顧問弁護士を同席させたのだ。釘を刺され、気持ちが沈んだ。信頼されていないのだろう。私は冷静さを装って「お約束します」と答え、急ぎ足で彼のあとをついていった。

「あれは……」

私は玄関付近で動きを止めた。真っ白な壁に赤いスプレーで『死刑最高』と書いてあったのだ。

反射的に視線を移して玄関の上部を確認する。

防犯カメラが備えつけられているので、犯人はすぐに捕まるはずだ。なぜリスクを犯してまで他人に嫌がらせをするのか理解しがたいものがある。

私の心中を察したのか、八坂弁護士は呆れ顔で言った。

「これで二回目です」

「二回目？　以前も落書きの被害に遭ったんですか？」

「事件が起きて間もなくは、こういった被害も多く見受けられますが、どんなに世間を騒がせたニュースでも数ヵ月経てば風化するものなのに……」

事件が発生してから半年ほど経過している。私は素朴な疑問を投げた。

「今回の事件は、まだ風化していないということですか」

「忘れられない人物がいるようです」

彼が不分明な返事をして玄関に目を向けたとき、ドアが開かれ、五十代半ばの女性が姿を現した。檸檬色のエプロンを身につけた女性は先に立ち、部屋まで案内してくれた。

たしか、継母は二十七歳だったはずなので、彼女は家政婦なのかもしれない。幅の広い廊下を歩きながらそんなことを考えていると、目の前に優雅な空間が広がった。

リビングの一面はガラス張りになっていて、そこから穏やかな日差しが射し込み光に満ちている。部屋のあちこちには上質なアンティークの家具が並び、ダークグリーンの革張りのソファは十名ほど座れる余裕があった。

「わざわざお越しいただき、ありがとうございます」

ドアのほうから声が聞こえた。振り返ると、中肉中背の品のいい男性が立っている。

田辺次長から見せてもらった資料によれば、父親は四十五歳だったはずだ。目の前の男性は、顔のシワも少なく、肌の張りもあり、若々しい印象を受けた。

「美月の父、涼介と申します。娘がお世話になっているようで、大変感謝しております」

「白石結実子と申します。お忙しいところ、お時間を作っていただきまして、ありがとうございます」

簡単に自己紹介を済ませてから、八坂弁護士と一緒にソファに腰を下ろした。

美月の涼しい目元は父親譲りなのだろう。そんなことを考えながら観察していると、涼介は気まずそうな声を出した。

「すみません。事件後、妻は体調を崩してしまって……」

「お気になさらないでください」私はかぶりを振りながら伝えた。

八坂弁護士が畏まった声で言う。

「事前に、ここでの会話は内密にしてもらうよう承諾は得ていますので、お気兼ねなく」

涼介は黙したまま顎を引いてうなずいた。

ドアが開き、先程の檸檬色のエプロンの女性が入ってくる。コーヒーと茶菓子をテーブルに置き、彼女は黙礼してから部屋を後にした。

涼介は仕事が忙しいと聞いている。私は鞄からノートとペンを取り出し、率直に尋ねた。

「美月さんのことで気がかりなことがあり、お話を伺いたいと思っています。事件前、娘さんに変わった様子はありませんでしたか」

「特にありません」

「遠野さんは、新緑女子学院に面会に行かれていますよね？」

「二度ほど行きました。仕事が忙しくて、最近は時間が取れていませんが……」

「そのとき、普段とは違う様子はありませんでしたか？」

「どういう意味でしょうか」

「新緑女子学院で最後に面会したとき、娘さんと交わした会話の内容を覚えていますか」

涼介の顔がさっと曇り、微かに顔をしかめた。

「白石さんは、篤志面接委員ですよね。施設の職員でもマスコミでもない。なぜプライベートなことをお尋ねになるのでしょうか」

口調は柔らかいが、涼介が射るような強い視線を向けてくる。職員でもない人間が余計な詮索をするなと言われているようで、気持ちが萎縮してしまう。

私は腹に力を込め、美月の眼差しを思い出しながら、父親の目を見つめ返した。

「娘さんは、面接中に気になる言葉を口にしました」

「あの子は変わった子ですからね。いつも突拍子もない言葉を投げて、周りの大人たちを翻弄するんです。そのたびに、こちらは対応に困ってしまう」

涼介は余裕のある素振りで、鷹揚に微笑んでみせた。

私は柔らかい表情を心がけながら言葉を発した。

「面接中、少年審判で証言した内容とは別に、本当の犯行動機を見つけてほしいと美月さんから頼まれました」

「その話は八坂さんからも聞きました。少年院に入っても、まだそんなことを言っているなんて……親とはいえ、もうどうしていいのか」

「なぜ本当の犯行動機を見つけてほしいのか、その理由を尋ねると、彼女は『父は約束を守らない人だからです』と答えました」

涼介の表情から余裕という仮面が崩れ落ち、困惑の色が宿った。

父親の変化を好機だと受け取り、私は質問を重ねた。

「現在、娘さんは職員から出される課題の作文に向き合おうとしません。それは、父親が約束を守ってくれないからではないかと考えています」

「何をおっしゃりたいんですか」

「面会のとき、美月さんと何か約束をしませんでしたか」

「約束って……あの子はおかしな発言をするばかりで——」

その軽い物言いを遮るように、八坂弁護士が強い口調で言葉を放った。

「遠野さん、娘さんは殺意を持って、クラスメイトを殺害したんです。少年院の課題に取り組み、更生できなければ出院は難しくなります。白石さんは我々の敵ではありません。厳しい言い方ですが、ここで目をそらせば、出院後に再び犯罪に手を染めることも危惧されます」

顧問弁護士の言葉に気圧されたのか、涼介は肩を落として目を伏せた。

ビジネスライクな人物だと認識していたが、八坂弁護士の人柄を誤解していたのかもしれない。父親に迫る姿勢は、クライアントへの愛情が感じられるほど真剣そのものだった。

涼介は美しい眉宇(びう)をひそめ、重たげに口を動かした。

「娘から同じことを言われました」

私は少し身を乗り出し、すかさず尋ねた。

「本当の犯行動機があると言われたんですね」

「そうです。でも、思い当たる節はない。結局、父親を困らせたいだけだと判断しました」

「失礼なことをお訊きしますが、今の奥様と付き合い始めたのはいつ頃ですか」

「それは……妻が入院し、もう長くないと医者から告げられてからです」

「生前に付き合い始めたということですよね」

「あの頃は精神的に孤独で……でも、娘はそのことを知らなかったと思います」

「なぜそう言い切れるんですか」

「社内にはプライベートな部屋もあり、そこで会っていたので……気づかれるはずもありません」

私は、浮気が原因ではないのかもしれないと考えを改めた。もしもそうならば、なぜ美月は「心から反省するためには、自分で気づかなければならないからです」と言ったのだろう。

美月は、父親に何を求めているのか。心の奥底には、どんな真相が眠っているのか——。

真実に近づくためには、根気よく尋ねるしかない。私は単刀直入に切り出した。

「美月さんと継母の関係に問題はありませんでしたか」

「妻は積極的に学校の授業参観にも足を運び、彼女なりに努力をしていました。ふたりは表面的にはうまくいっているように見えましたが……美月のほうが心を開いていないところがあって、妻はずっと悩んでいました」

継母が歩み寄る姿勢を見せても、美月の胸には実母との思い出が深く残っていて、すぐに新しい母親を受け入れるのは難しかったのかもしれない。

「娘さんは、実母のことをとても大切に思い、慕っていたようですね」

私が話を振ると、涼介は訳知り顔でうなずいた。

「実母の美麗は、穏和な性格で、優しい人柄でした。大好きな母親が亡くなってから、美月は半年ほど笑顔を見せなくなりました」

「美麗さんは、ご病気だったんですか？」

「そうです。闘病生活も長かったんですが……娘は死を受け入れることができず、ずいぶん苦しんでいました」

実母の死と今回の事件に何か繋がりはあるのだろうか——。

私は責める口調にならないように、穏やかな声音で尋ねた。

「どうしてクラスメイトを殺害したのか、娘さんの犯行動機に心当たりはありませんか」

「家裁の調査官からも同じような質問を受けましたが、人を殺す理由なんて見当もつきません。仕事が忙しくて、美月の面倒を見てやれないことも多くあったのは事実です。けれど、すべての責任を親に押し付けられても困ります」

責任——。私はノートを捲り、一回目の面接時に話した内容を確認した。

美月から、なぜ篤志面接委員を引き受けたのか理由を尋ねられたとき、私は「自分たち大人が、子どもを加害者にしてしまったのではないか、そう責任を感じている人もいる」と答えた。すると彼女は奇妙な返答をした。

――大人の責任。誰かの責任。先生は、私の父に似てますね。

予感めいたものが脈動し、発展途中の曖昧な質問をぶつけてみた。

「遠野さんは、美月さんに対して『責任』について語ったことはありませんか」

「責任……まだ子どもの娘に対して、責任という言葉を使ったことはありません。もしかしたら、それが間違っていたのかもしれません。未成年でも罪を犯したら責任が発生する。親の役割として、事前にそのことをしっかり伝えるべきでした」

目を凝らして観察してみるも、彼が虚偽を口にしているようには見えなかった。

「被害者には申し訳ないことをしたと思っています。でも、最近『犯罪者の娘は死刑にしろ』という電話があり、家の壁には落書きされ、ネットにも個人情報を晒されてしまい……妻も体調を崩してしまいました。我々も精神的に辛い状態なんです」

涼介は目を伏せて言葉を足した。「アメリカの社会では、加害者家族はあまりバッシングされないと聞きました。子どもが罪を犯したとき、世間から励ましてもらえることもあるそうです。それなのに日本では袋叩きだ。本当におかしな社会ですよ」

たしかに、行き過ぎたバッシングは不幸を生むだけだ。とはいえ加害者の親が堂々と口にできる内容ではないと感じた。これまでセルフモニタリングの必要がないほど、彼は恵まれた環境で育ってきたのかもしれない。

「最近では、家のチャイムや電話の呼び出し音を聞くだけで頭痛がするようになりました」

涼介の発言からは、理解してほしいという甘えの匂いがするが、事件の関係者はみんな、生きていくことだけで精一杯なのだろう。だからこそ、周りの大人たちが、美月と向き合わなければならないのだ。けれど、彼女の心理を追いかけようとすればするほど真相から遠ざかっていく気がする。釈然としないものばかりが心に溜まっていく。

　項垂れている父親に質問を重ねることはできず、めぼしい収穫を得られないまま、遠野家を辞することしかできなかった。

＊

「白石先生、こんにちは」

「美月さん、こんにちは」

　互いに軽い挨拶を交わし、法務教官が部屋から立ち去るまで表面的な会話を続けた。

　一対一になると、ふたりだけの時間が静かに幕を開ける。

　室内が独特の緊張感に包まれていくのを肌で感じた。時刻は、午後の二時。窓から射し込む淡い光が、美月の細い髪を照らしていた。相変わらず痩せ気味だが、頬はほんのり薄紅色に染まり、以前よりも唇の血色もよくなっている。

「父に会ったんですね」

　落ち着いた声で切り込まれ、私はノートを開いていた手を止めた。

「どうして知ってるの」

「昨日、八坂弁護士が面会に来て、詳しく教えてくれました」

　意味ありげに投げつけられた「詳しく」という言葉に違和感を抱き、美月の表情を確認すると、なぜか哀調を帯びた目をしている。

三日前、遠野家を訪れたとき、八坂弁護士に「ご家族から聞いた話は一切口外しないと約束してください」と忠告されたが、こちらからは何の依頼もしていなかった。今更ながら口止めしておくべきだったと、深い後悔の念が滲んだ。

彼は遠野家でされた会話のすべてを美月に伝えたのだろうか――。

私は緊張を悟られないように、敢えて軽い調子で言った。

「とても広い庭があって、家も美しくて驚いた」

「遠野涼介という人間に会ってみて、どう思いましたか」

自分の父親なのに、距離感のある言い回しだった。不自然さを覚えたが、ペースを乱されたくなくて、気づかないふりをして会話を続けた。

「社会的に成功されている方だと感じた。それから、お父さんはあなたのことを心配しているように見えた」

「本当に心配していたら、もっと面会に来るはずです」

「お仕事が忙しいみたいね」

「その言葉、素直に信じてるんですか?」

澄んだ瞳にまっすぐ見つめられ、少したじろいでしまう。

心の底から信じられるのか――、そう問われたら返答に窮してしまう自分がいる。けれど、疑う理由も見当たらない。

私は重くなる空気を排除するように訊いた。

「お父さんの言うことが信じられない？」

「不動産関係の仕事は管理会社にすべて任せていますので、本人は暇だと思います。だから仕事が忙しいというのは嘘です」

「カフェも経営されているようだけど」

「店は従業員に任せているので、父がやることはありません。あの人は……私が嫌いなんです」

「本気で娘のことを気にかけているように見えた」

「白石先生は、まだあの人の……父の怖さに気づいてないんです」

いつものように口角を少し上げ、美月は薄い笑みを作った。

条件反射のように、警戒心が増していく。私は身を引き締めた。何か大きなミスをしてしまった気がして、胃が疼き出し、緊張が込み上げてくる。

「怖さって……お父さんの何が怖いの？」

私の怯えを見て取ったのか、彼女は質問には答えず、挑むような眼差しを向けてきた。

「八坂弁護士が、私に会いに来た理由がわかりますか」

「それは、美月さんの様子が気になったから――」

彼女は言葉を遮るように言った。

「気になっているのは私ではなく、白石結実子という人間です」

不穏な言葉を投げられた瞬間、頬を打たれたような痛みが駆け抜けた。

彼女と視線がべったりと絡み合う。透明な蜘蛛の網に捉えられたかのように、身動きが取れなくなる。思考が空回りして言葉をうまく紡げない。先程から鼓動が奇妙なリズムを刻んでいた。

心を鎮め、必死に頭を働かせると、不吉な仮説が頭の中で成長していく。

もしかしたら八坂弁護士は「本当の犯行動機がある」という話を疑っていたのかもしれない。私を怪しい人物だと認定し、真偽を確かめるために美月に会いに来たのではないだろうか――。

これまで事件の真相を追うことばかりに気を取られ、自分が誰かに探られていることにまったく気づけなかった。

美月は少し身を乗り出し、囁くように声を出した。

「たぶん、犯人は父です」

「犯人？」

「父が、八坂弁護士に『篤志面接委員の言っていることが真実かどうか確認しろ』と指示を出したんです。あの人は他人を信用できないタイプだから」

「そこまで父親を疑う理由は何？」

「言えません。彼は自分で気づく必要があるからです」

「もしも永遠に気づけなかったら？」

「私は、永遠に少年院にいることになりますね」

冗談だと笑い飛ばせないほど、真剣な面持ちだった。

自分の身柄を生贄にするなんて、まるで自傷行為だ。正常な感覚ではない。それほどまでに父親に対して憎悪を抱いているのだろうか。彼女の瞳には、ぞっとするような孤独が棲み着いていて胸が塞いだ。

美月は窓のほうに視線を移すと、小声で吐露した。

「八坂弁護士との面会は、とても苦痛でした」

「どうして苦痛を感じたの？」

「さっき言ったように、白石先生を疑っていたからです。彼は『篤志面接委員に本当の犯行動機がある、と話したのは事実なのか。何か嫌がらせを受けていないか』と訊いてきました」

「あなたは、どう返答したの？」私の声は震えを帯びている。

美月は緩慢な動きでこちらに顔を向けた。口元に小狡そうな笑みが浮かんでいる。怪しい笑みが深まるほど、私の動悸が激しくなる。

彼女はゆったりと間を取ってから、弄ぶように薄い唇を開いた。

「私は『本当の犯行動機？　何の話をしているのか、まったく意味がわかりません』そう伝えました」

血の気が引いて、息の根を止められたような感覚に陥った。

心が怯えの色に染まっていく。耳の奥で鳴り響く鼓動音が思考の邪魔をして、頭がうまく回らない。どうして彼女はそんな嘘をつくのだろう――。

動悸が収まらず、視界が仄暗く沈んでいく。

もっと警戒するべきだったのに、調査に夢中になるあまり、自分の足元が危うくなっていることに気づけなかった。

八坂弁護士は、気味の悪い篤志面接委員だと不信感を抱いただろう。嘘をついて、自分たちに近寄ってくる怪しい人物だと捉えたかもしれない。

負の感情ばかりが、どんどん胸の内で大きくなる。

この面接室に監視カメラはない。嫌疑を晴らすためには、美月の口から真実を語ってもらうしかないのだ。もしも八坂弁護士が職員に良からぬことを報告したら、篤志面接委員を降ろされるという事態も覚悟しなければならない。

「白石先生、大丈夫ですか？」

優しい声音に我に返ると、美月がこちらを凝視していた。

無邪気な笑みを浮かべている顔から嘲笑の匂いが嗅ぎ取れた。不快感が押し寄せてくるのに、怪しく輝く瞳に視線を奪われ、目をそらせなくなる。

私は口を閉ざし、言葉にできない気持ちを眼差しに込めることしかできなかった。

室内の空気が重く淀み、静寂に閉ざされていく。

暗い雰囲気を楽しむように、彼女はたっぷり間を置いてから口を開いた。

「冗談ですよ。八坂弁護士には嘘偽りなく真実を伝えました。あと、白石先生は、とても誠実で優しい人だと教えてあげました」

なぜか美月の顔に寂しそうな笑みが広がっていく。

「怒らないでくださいね。先に裏切ったのは、白石先生なんですから」

「裏切った？」

「ふたりだけで本当の犯行動機を見つけてください、そうお願いしたのに、あなたは八坂弁護士に話してしまった」

慌ててノートのページを捲り、二回目の面接記録を読み返した。

――白石先生と父、ふたりだけで本当の犯行動機を見つけてください。

すっかり失念していたが、あの言葉は「他の人間には話してはいけない」という警告だったのだ。彼女の言葉を重く捉えていなかった。

私は胸の奥から溢れてくる疑問を口にした。

「八坂さんは、あなたの担当弁護士よ。なぜ彼に隠す必要があるの?」

「あの人は、いつも父を守り、甘やかしてしまうからダメなんです」

彼女の言葉に苛立ちを覚えた。その感情は焦燥に変わっていく。

警察、検察、家庭裁判所の調査官、弁護士、彼らが気づけなかった真の犯行動機を、素人の私が単独で見つけられるわけがない。

動揺を押し隠しながら、必死に言葉を振り絞った。

「残念だけど、私は警察でも優秀な探偵でもない。たったひとりで、あなたの真実を見つけ出すのは難しい」

「諦めるんですか。白石先生が悪いんですよ」

「何が悪いの?」

初めて会った日のように無表情に戻ると、彼女は感情の読めない声音で言った。

「私に『あなたのことが知りたい』と言ったのは、先生自身ですよ。吐き出した暴言の数だけ、人は傷つくべきなんです」

「誰かの本心を知りたいと思う気持ちは暴言になるの?」

「途中でリタイアしたら暴言になると思います」

両腕に鳥肌が立った。初めて彼女を恐ろしいと感じた。少女の仮面をかぶった、得体の知れない化け物のように思える。

美月と対峙するたび、露呈するのは自分の愚かさばかりだ。何をするために篤志面接委員になったのか、その目的さえ曖昧になり霞んでいく。

ドアのノック音は、試合終了を告げるゴングのように虚しく耳に響いた。

*

美月の感情を見極めることもできないまま、中庭のベンチに座り、面接の記録をノートにまとめていく。会話に集中していたせいで、記録できなかった言葉がたくさんあった。

真っ白なページに鉛筆を走らせる。字がひどく乱れるのも気にせず、記憶の中の声をどんどん綴っていく。

会話を記録すれば、相手の心がわかる不思議なノートがあればいいのに——。そんな妄想を頭の隅に追いやり、鉛筆をひたすら動かしていく。

何か気配を感じて視線を向けると、教務課から田辺次長が出てくる姿が見えた。

私は気づかないふりをして、ノートに会話を書き込んでいく。足音が近づいてきて、目の前で止まった。

「五月の空は美しいですよね」

田辺次長は「いいですか？」と言いながら隣に腰を下ろした。

沈んでいる私とは違い、彼は清々しい表情を浮かべ、腕を伸ばしてストレッチしている。振り仰げば、頭上には穏やかな空が広がっていた。シラカシの枝から小鳥が飛び出し、翼を大きく広げて水色の空に溶け込んでいく。

田辺次長がここに来たのは、何か話したいことがあるからだ。内容は薄々感づいている。

私はノートを閉じると、覚悟を決めて声を上げた。

「もしかして……八坂弁護士から苦情が入りましたか？」

「白石さんは、いつも他人の評価や動向を窺っている」

胸がずきりと痛み、私の口から「すみません」という情けない声がもれた。

「謝らないでください。誰かに迷惑をかけたくないという気持ちが強いのかもしれませんね。けれど、もっと自信を持ってください」

「自信を持てる要素が何もなくて……」

「昨日、八坂弁護士に会いました。彼は『白石さんは熱意のある篤志面接委員だ』と褒めていましたよ。美月さんも安心して心を開いているようだと」

意外な言葉に驚きを隠せず、田辺次長の横顔を見ると、虚偽を口にしているようには見えなかった。

おそらく、面接室で聞いたとおり、美月は私を悪く言わなかったのだろう。喜ばしいことなのに、胸がざらつくような不可解な感触が残った。

美月が、八坂弁護士の前で篤志面接委員に心を開いているふりをしたのは、私に犯行動機を探らせ、父親を懲らしめてほしいという目的を胸に秘めているからだ。一見、不可解に見える動きでも、美月からすれば利害関係に則した行動になる。

彼女の心の内を想像するたび、虚しさが胸に広がっていく。

田辺次長は、頬に笑みを載せたまま口を開いた。

「新緑女子学院に送致されたばかりの頃、遠野さんは人形のようでした。無表情を貫き、誰とも会話をしなかったんです。職員たちが何を尋ねても返事もしない。泣くことも、笑うこともない。この仕事は我慢比べみたいなところがあります。相手が失った感情を取り戻すまで、取り戻した感情を整理できるまで、じっと堪えて待つ」

私は自分の気持ちがつかめなくなり、ずっと抱えていた気持ちを吐露した。

「美月さんに翻弄され、面接を重ねるたびに自分は何をしたいのかつかめなくなるんです。大人なのにぐらぐら揺れ動き、感情が乱れて情けなさが募るばかりで」

「思い切って、ダメな大人になってみませんか?」

田辺次長は悪戯っ子のような笑みを浮かべた。「自分のダメな部分に気づいて、我々も子どもたちと一緒に少しずつ育っていくんです。反省し、少しずつ成長する。子どもたちは、その姿をしっかり見ています。『この人は自分に寄り添いながら、一緒に成長してくれた』、それに気づけた子どもは、大人を馬鹿にしたりしません。いつか我々が躓いたとき、そっと手を差し伸べてくれる人に成長すると信じています」

心が震えて視界が潤み、唇を嚙んだ。

田辺次長は優しい声音で言った。

「遠野さんに『更生』という題材で小説を書くよう勧めたそうですね」

「すみません。私自身が更生の意味を理解していないのに……難しいテーマを提示してしまいました」

「難しい問題にぶつかったとき、思考を停止し、考えるのをやめてしまえばいい。けれど、人を傷つけた彼女は、永遠に考え続けなければならない問題なんです」

その厳しい言葉は私の胸にも突き刺さった。いつも穏和な田辺次長には不釣り合いな台詞だったせいか、返事をしようにも言葉にならない。

「未成年者が重罪を犯しても、多くはいずれ社会に戻ります。だからこそ……」

遠くを見つめながら、田辺次長は言葉を継いだ。「ずっと怖かったんです。罪を犯した子どもは更生できるのか、その問いの答えがわからず、怯えている時期がありました。けれど理解できないのに、どちらかに偏りたくはなかった」

「偏る？」

「重罪を犯した人間は更生できない。たとえ未成年者でも一生檻の中に閉じ込めておけ、そう訴える人々がいます。その一方で、更生できると信じている人々もいる。どちらにも偏りたくなかった。だから、不明確なまま、答えを導き出せないまま、自分にできることを探して、彼らに関わってみようと思ったんです」

「子どもたちは本当に更生できるのでしょうか？」

「答えは、ぜひ白石さん自身で見つけてください」

「もしも希望の持てない答えを見つけてしまったときは、どうすればいいのでしょうか」

「そのときは希望を持てないまま、罪人を恨みながら怯えながら生きていくしかない。それも人間の真実だと受け入れて。そんな状況を避けたいなら、誰かが更生の意味を考え続けるしかないと思っています」

彼の言葉には、誰に何を言われても自分は罪を犯した子どもたちと向き合っていくという覚悟が滲み出ていた。

私は対照的に、これからどこにたどり着くのか見当もつかなかった。幻かもしれないオアシスを探し求め、砂漠を彷徨(さまよ)っているような焦りを感じる。

ふと、風に誘われるように施設の小窓に目を向けた。

いつも面接をしている部屋。無表情の少女が、こちらをじっと見つめている幻影が見えた。水で固めた砂像のように、少女の姿は音もなく崩れ落ちていく。

足元に視線を落とすと、黒いバレエシューズの爪先に砂粒が付着している。

田辺次長から投げられた課題は、あまりにも難題だと感じた。

＊

夕暮れの気配が辺りに漂う頃、新緑女子学院の敷地を出て、並木道の途中にある木製のベンチに腰を下ろした。このまま帰宅しても、眠れない夜を過ごすだけだ。

私は鞄からノートとペンを取り出し、知り得た事件の経緯を簡潔にまとめていく。

去年の十月二十五日、遠野美月は小説投稿サイトにシルバーフィッシュ文学賞に落選した作品をアップする。

翌日の十月二十六日、遠野美月は中学の教室でクラスメイトの穂村マリアを殺害する。

第一の犯行動機、文学賞に落選し、哀しいので人を殺した。

第二の犯行動機、虐められていたクラスメイト三人のために、穂村マリアに復讐した。

第三の犯行動機、事件の前日、穂村マリアに教科書をゴミ箱に捨てられ、怒りを覚え、犯行に及んだ。

第四の犯行動機、実父に関係することが原因で殺害した。


頭上の街路樹が風に揺れ、さわさわと騒ぎ始める。

強風が並木道を吹き抜けていく。ノートのページが次々に捲れ上がり、慌てて手で押さえた。

もう一度、面接記録を読み返してみるも、美月の真相に触れることはどうしてもできなかった。

どのような想いを胸に秘めているのだろう——。

この先、面接を重ねても、ふたりの距離は一向に縮まらない気がする。風が真っ白なページを開いた。思わず溜息がもれた。会話でノートを黒く塗りつぶしても、真相が姿を現すことはなく、すぐに白紙に戻ってしまう。

私は鞄からスマートフォンを取り出し、アドレス帳を開いた。

美月は頑なに真の犯行動機を語ろうとしない。彼女の父親は思い当たる節はないと答える。この状況で真実をつかむためには、外堀から埋めていくしかない。

三コール目で、耳が痛くなるほどの大声が響いた。

『はい八坂です。白石さんですか?』

駅のホームにいるのだろうか、スマートフォンの向こうから電車が通過するような騒音が聞こえてくる。

私は息を吸い込み、大声を吐き出した。

「今、美月さんの面接が終わりました」

『そうですか……お疲れ様です』彼の声には戸惑いの気配がある。

場所を移動したのか、急に静寂に包まれた。

私はスマートフォンを強く握りしめ、探るように言葉を放った。

「昨日、美月さんと面会されたんですね」

八坂弁護士はその質問には答えず、決まりが悪そうな沈黙を挟んでから言った。

『これから、お会いできませんか』

予想外の提案に驚いたが、私も彼に訊きたいことがあったので、大手町のカフェで会う約束をした。


カフェに到着すると、先に来ていた八坂弁護士は店の奥の二人掛けのテーブル席に座っていた。

彼はこちらに気づき、軽く手を挙げてから頭を下げた。

私も事務的に会釈し、足早に向かうと彼の正面の席に腰を下ろした。

テーブルにはアイスティが置いてあったので、水を持ってきてくれた店員に同じものを注文した。シルバーのトレーを抱えた店員が離れるのを待ち、私は率直に尋ねた。

「八坂さんは、本当の犯行動機があるという話を疑っていたんですね」

「申し訳ありません。仕事柄、すべての話を真に受けて、ただ右から左に流すことはできませんので」

正当な意見なので、それについて反論するつもりはない。けれど、面接中に美月から投げられた言葉が、今も胸の中に居座っていた。

——白石先生は、まだあの人の……父の怖さに気づいてない。

「美月さんの父親は、本当に動機に心当たりはないのでしょうか」

「あれから遠野さんと腹を割って話をしてみましたが、いくら考えてみても、なぜ娘が人を殺害したのか、思い当たる節はないそうです」

鮮やかな檸檬色のエプロンを脳裏に浮かべながら、私は質問を重ねた。

「遠野家には、家政婦の方がいたと思いますが」

「あぁ、彼女は真弓(まゆみ)さん。もう二十年ほど遠野家で働いているベテランです」

八坂弁護士は少し身を乗り出し、小声で続けた。「実は、僕も気になって、彼女にいろいろ尋ねてみたんです」

私は鞄からノートとペンを取り出し、記録する準備をした。

八坂弁護士はちらりとノートに視線を向ける。何か忠告されるかもしれないと身構えたが、誰にも口外しない人物だと信用してくれたのか、特に忠告めいた言葉を発することなく、彼は本題に入った。

「真弓さんに、美月さんがどんな子だったのか尋ねてみました。猟奇的な一面はなく、素直で優しい子だったようです」

「素直で優しい……」

独り言のようにつぶやくと、彼は言葉を補足した。

「毎年、美月さんは母の日になると、真弓さんにも花束をプレゼントしていたようで」

「真弓さんには心を許していたんですね」

「前妻の美麗さんと真弓さんは、共通の趣味があり、とても仲がよかったんです」

「趣味とは？」

「ふたりとも読書家で、よく小説の話題で盛り上がっていました。夢は実現しなかったようですが、若い頃、美麗さんは作家を目指していた時期もあったそうです」

美月は、実母を深く愛していた。もしかしたら、母親が目指していた作家になりたくて、新人賞に応募したのかもしれない。

八坂弁護士は思案するような表情を浮かべ、テーブルを見つめている。その姿に何か隠しているのではないかという予感がした。もしも美月に対して気がかりなことがなければ、忙しい彼から「これから、お会いできませんか」という言葉は出てこないはずだ。

私は話の先を促すように尋ねた。

「他に何か気になる情報はありませんか」

「真弓さんと話していたら……少し気がかりな過去が浮き彫りになりました」

彼はアイスティを一口飲んでから言葉を繋いだ。「遠野さんは、美麗さんに対して、とても厳しい人だったようです。教育熱心とも言えますが、美月さんの成績が悪いとき、強く叱責することがあったそうです」

「それが原因で、父娘の仲が悪化してしまったのでしょうか」

「娘に対して怒ることはなかったようなんですが、美月さんに何かあるたび、美麗さんを叱責していたようです」

「なぜ母親を？」

「理不尽ですよね。美月さんが私立中学の受験に失敗したときも、遠野さんは『お前の教育方法が間違っていた』と強く責めたそうです。無理やり通わせようとしたピアノ教室を美月さんが拒否したときも『甘やかして育てた、お前に責任がある』と罵ったそうです」

お前に責任がある――。

一回目の面接で美月が口にした言葉が頭をよぎった。

――大人の責任。誰かの責任。先生は、私の父に似てますね。

やはり、彼女の怒りの根源は、責任という言葉と結びついているように思えてならない。

女性店員が「お待たせいたしました」と言って、コースターの上にアイスティを置いた。店員が立ち去るのを待ってから、私は質問した。

「美麗さんは、どうして亡くなったんですか」

「悪性腫瘍が原因だったと聞いています。息を引き取った直後、美月さんは『ママごめんなさい』と言って、泣き続けていたそうです」

「病気が原因なのに……」

「真弓さんは、『美月さんは、自分が苦労をかけてしまったことが原因で、母親が体調を崩したと思い込んでいるのではないか』そう話していました」

私はノートを捲り、美月が言った言葉を確認した。

――この世界に、お母さんが嫌いな人なんているんですか。

彼女の発言を読み返すと、ひどく胸が痛んだ。

「新しい母親との関係はうまくいっていましたか?」

「これも真弓さんからの情報ですが、会話は弾まないけれど、ふたりの関係に特別問題があるようには見えなかったと言っていました」

美月は自分が苦労をかけたせいで、実母が病に蝕まれたと考えていた。かりに、彼女がそう勘違いしていたとしても、なぜ今回の事件に繋がるのか理由がわからない。美月が刃を向けた相手は実父ではなく、クラスメイトの穂村マリアだったのだ。

「八坂さんは、審判前に美月さんのクラスメイトに話を聞いたんですよね」

「担任や学校の職員、クラスメイトは五人ほど話を聞くことができました」

「もう一度、そのとき話をしてくれた担任や美月さんと最も親しくしていた生徒にお会いすることはできませんか」

「再び会って話を聞いても、審判前に調査した内容以上のものは出てこないと思いますよ」

「審判後、第四の犯行動機が出てきました」

私の言葉に、八坂弁護士は苦笑しながら口を開いた。

「真弓さんほど長くはないですが、僕も遠野さんの会社の顧問弁護士を十年ほど担当しています。まだ幼児だった美月さんの姿も覚えていて……彼女が早く出院できるよう、協力できることは何でもしたいと考えています」

「最近、私は考えが変わりました」

不思議そうに首を傾げている彼の目を見ながら補足した。「もしかしたら出院よりも大切なのは、更生なのかもしれません。もう二度と同じ過ちを繰り返さないように」

八坂弁護士は肩の力を抜き、嬉しそうな声音で言った。

「白石さん、変わりましたね。最初にお会いしたときは、何かに怯えている小動物のような雰囲気があって、少し怪しい方だなと警戒していました。けれど、新緑女子学院に面会に行って気づきました。美月さんも、あなたを深く信頼しているようです」

気まずくなり、私はさっと目を伏せた。

田辺次長に投げられた言葉が真実味を持って胸に迫ってくる。

——自分のダメな部分に気づいて、我々も子どもたちと一緒に少しずつ育っていくんです。反省し、少しずつ成長する。子どもたちは、その姿をしっかり見ています。

篤志面接委員を引き受けた動機を考えれば、幸せな結末は望めない気がする。それでも、この人生に決着をつける義務が自分にはある。

氷山のような氷がカランと音を立てて崩れ、グラスの中で微かに浮き沈みしていた。

＊

事件当時、美月は神奈川県の市立中学に通っていた。

クラスは三年二組。男子十二名、女子十三名。八坂弁護士の調べによれば、穂村マリアに虐められていたのは、早瀬葵（はやせあおい）、佐々木陽菜（ささきひな）、小宮（こみや）ショウの三名だったという。特に葵は、美月と親しい間柄だったようだ。

八坂弁護士に頼み、審判前に話を聞いた関係者たちに連絡を入れてもらうと、当時の担任は学校を休職後、退職して行方がわからなくなっていた。それ以外の関係者たちの多くは、一刻も早く忌まわしい記憶を忘れ去りたいのか、無難な理由を添えて面会を拒否した。

結局、会う約束を取り付けられたのは、葵とショウの二名だけだった。

木曜日の午後五時半。ショウの家の近くにあるカフェで待っていると、ゆったりとしたモスグリーンのカットソーを着た少年が店内に入ってきた。

「ショウ君、久しぶりだね」

八坂弁護士が声をかけると、彼は緊張した面持ちでこちらに向かって歩いてくる。

ショウは少し恥ずかしそうに、私に向かって軽く頭を下げた。

「あの、小宮ショウです」

「白石結実子です。今日は来てくれて、ありがとう」

ショウは「いえ」と小声で返答してから、八坂弁護士の正面の席に腰を下ろした。

三人ともカフェオレを注文し、運ばれてくるまで雑談を交わした。

何気ない会話から、彼が通っている高校は偏差値の高い名門校だと知った。今回の事件に影響を受けたのか、将来は法曹の道を目指しているという。

あと一時間ほどで塾に行かなければならないようなので、私はノートを開いて、さっそく本題に入った。

「ここで聞いた話は、誰にも言わないから正直に教えてほしい。ショウ君にとって、遠野美月さんはどんなクラスメイトだった?」

慎重な性格なのか、彼はしばらく考え込んでから答えた。

「遠野は他のクラスメイトよりも落ち着いていて……僕が落ち込んでいるときは、励ましてくれることもありました」

「優しい子だったんだね。落ち込んでいるとき、美月さんはどんなふうに励ましてくれたの?」

無難な質問を投げたつもりだったのに、一瞬、ショウの顔に動揺が走ったように見えた。彼は窺うような表情で八坂弁護士に目を向けてから、視線を左右に走らせた。先程よりも肩に力が入っている。

束の間、彼は口を閉ざしてから怯えた様子で返答した。

「それは……『大丈夫?』とか、気遣うような言葉をかけてくれました」

口ぶりにぎこちなさを感じたが、私は顔に出ないように気をつけながら尋ねた。

「八坂弁護士から、中学のクラス内で虐めが起きていたという話を聞いたんだけど、いつ頃から始まったのかな」

ショウは身を硬くしたまま視線を落として答えた。

「入学してから、すぐに始まりました」

「虐めていたのは、被害者の穂村マリアさん?」

「あいつの兄が、同じ中学にいたんです。雅也(まさや)という先輩で、見た目は感じのいいイケメンなんだけど、かなり性格が悪くて……穂村に歯向かうと、雅也先輩に呼び出されて嫌な目に遭うから、みんな気をつけていました」

「実際に被害に遭った人はいる？」

「中学に入学してから、ちょっと目立ちたいと思うようになって……僕が悪ふざけばかりしていたら、穂村に嫌われてしまったんです。帰宅途中、雅也先輩に待ち伏せされて、『妹がお前のことウザいんだって』と言われました。お金を払ったら許してくれるって言うから、三千円渡したのに、腹を膝蹴りされて頬を叩かれたんです。あいつは、高校に進学してからも、ときどき中学に遊びに来ていて……」

八坂弁護士は、私のほうに顔を寄せて小声で言った。

「警察が調べた結果、遠野家の玄関に落書きした犯人は、穂村雅也でした」

玄関の壁に書かれた『死刑最高』という言葉が頭にちらついた。

おそらく、妹を殺害された雅也は、純粋な被害者のつもりなのだろう。けれど、別の人間から見れば、その境界線は曖昧だ。一見、被害者のようでいて、加害者でもあり得るのだ。

私は当時のクラスの状況を把握したくて尋ねた。

「ショウ君以外に虐めを受けていたクラスメイトはいるかな？」

「佐々木陽菜と早瀬葵です」

「葵さんは、美月さんと仲がよかったんだよね」

「そうです。葵は佐々木をかばったせいで虐められるようになって」

「もう少し詳しく教えてもらえるかな」

「葵よりも先に、佐々木が虐められていました。それをやめさせようとしたせいで、葵も……」

陽菜を救おうとして、葵は虐めの被害者になった。穂村マリアの機嫌を損ねたら、次の標的になるという構図が成立し、クラスメイトたちは静観を決め込んだのだろう。

私は八坂弁護士から聞いた話を念頭に置きながら質問した。

「虐めの被害者は、三人だけだった？」

「表立ってやられていたのは三人だけでした。でも、他にも穂村に対して気に入らないことをするクラスメイトがいたら、あいつは悪口を言って追い詰めていました」

「先生には、相談できなかった？」

「みんな嫌だと思っていても……先生に告げ口したのがバレたら雅也先輩に呼び出されるので、仕方なく言いなりになっていたんです」

「美月さんも同じ？」

「遠野はちょっと独特っていうか、たまに悪口を言われていたけど、有益な相手だから、ひどい嫌がらせはされていなかったと思う」

「有益？」

「穂村は、遠野からノートを借りて、よく宿題を写していたので。あいつは自分にとって利益になる相手は、あまり虐めなかったんです」

「事件の前日、美月さんの教科書がゴミ箱に捨てられていた。そういう話を聞いたことはあるかな」

「八坂さんにも話しましたが、教科書のことは知りません」

「事件前、様子が変だったとか、何か美月さんのことで気になることはない？」

「特にないです」

ショウは、また八坂弁護士にちらりと目を向けてから短く返答した。その姿が気になり、私は言葉を変えて同じような質問を投げた。

「美月さんが、穂村さんを殺害する予兆のようなものはなかったかな」

「本当は……僕も殺してやりたかった。だから、頭の中で何度も痛めつけた。でも、まさか実際にやるなんて思わなかった」

彼はまるで懺悔するように震える声で答えた。

「美月さんが四回刺したことについて、どう感じた？」

「僕たちの復讐をしてくれたと思いました」

「辛いことを訊いて、ごめんね。刺した後、美月さんの様子はどうだった？」

テーブルの上の手を硬く握りしめてから、ショウはかすれた声を押し出した。

「少し笑っていました。刺した後、遠野はふらふらした足取りでベランダのほうに歩いていって、腕をだらりと垂らして空を見上げていました」

「空？」

「誰かと会話しているみたいに空を見上げていて……それから教師が教室に入ってきて、遠野の腕をつかんで」

「彼女は抵抗したのかな」

「あのときは……包丁は持っていなかったし、ただ静かにしていたと思います」

「包丁は？」

「穂村の腹に……刺さったままでした」

ショウは沈黙を挟んでから続けた。「遠野が殺してくれたから、学校に行くのが怖くなくなった。だから、当時は感謝する気持ちもありました。でも時間が経ってから冷静に考えると、やっぱり怖いなって思います」

「怖いというのは、美月さんのこと？」

彼は幼子のようにうなずいてから、自嘲的な笑みを浮かべて言った。

「何度も頭の中では殺したけど、実際に殺害することはできないから……」

それ以上の新しい情報は入手できず、ショウは塾の時間が迫っていたので店を出ていった。

＊

葵から指定されたのは、練馬区のファミレスだった。

昨日と同様に八坂弁護士にも同席してもらう予定だったが、どうしても外せない仕事が入ってしまったようで、私はひとりで会うことにした。

金曜日の午後五時。まだ混み合う時間帯ではないせいか、客はまばらで店内は閑散としている。クラシックの静かな音色を耳にしながら店の中を見回していると、奥のボックス席に制服姿の少女が座っているのに気づいた。

メガネをかけた少女は、大人しそうな容貌だった。白いシャツ、襟元には濃紺のリボンタイ、スカートはチェック柄。彼女は手元のスマートフォンに熱心に目を向けている。

「早瀬葵さんですか？」

ボックス席に近寄り、私は明るい雰囲気で声をかけた。

彼女は律儀にも素早く立ち上がり、スマートフォンをテーブルに置いてから緊張した様子で頭を下げた。

「そうです。あの……よろしくお願いします」

「今日は来てくれて、ありがとう。私は白石結実子です」

美月も事件を起こさなければ、高校生になっていたはずだ。彼女の制服姿が、やけに眩しく映った。

葵は事前に約束したとおり、テーブルの上に目印としてテディベアのバッグチャームを置いてくれていた。テディベアはすまし顔で、オフホワイトのワンピースを着ている。

私は向かい合うように椅子に座ってから口を開いた。

「そのバッグチャーム、可愛いね」

葵はソファに腰を沈めると、神妙な面持ちで答えた。

「修学旅行のとき一緒に買ったもので、美月とお揃いなんです。この子の名前は、ホーリーホック」

「ホーリーホック？」

「和名ではタチアオイという意味があるみたいで、美月が名前をつけてくれたんです」

やはり、ふたりはとても親しい間柄だったのだろう。

葵と一緒にメニューを見ながらケーキセットを注文し、しばらく当たり障りない話をしながら生クリームが添えられたフォンダン・ショコラを食べた。

「葵さんの高校は、この近くなのかな」

彼女の通っていた中学は神奈川県だったので、私は疑問に感じたことを尋ねてみた。

「うちは母子家庭なんです。去年の冬、母が体調を崩して入院してから、私は練馬区の祖母の家で生活していて……」

「お母さんの体調は大丈夫?」

「もう退院したけど、ときどき調子が悪くなることがあって……でも、祖母が色々助けてくれるので大丈夫です」

葵はお皿にフォークを置くと、弱々しい声調で訊いた。

「あの、美月は元気ですか」

目が少し潤んでいるように見える。葵の中では、美月は殺人犯ではなく、大切な友だちのままなのだろう。

私は笑みを作り、自然な声を心がけて言った。

「体調に問題はないし、少しずつ元気を取り戻していると思う」

「誰も美月のことを知っている人がいないから、どうしているのか心配で……母に面会に行きたいってお願いしたら、家族じゃないと会えないって言われて。美月はいつも励ましてくれたのに、私は何もできなくて」

葵は痛ましげに表情を歪め、泣き出しそうな声で言った。

少年院の面会は原則として、三親等以内の親族に限られる。その他にも弁護士、保護司、収容者が在籍している学校の教師なども面会が可能だったが、どちらにしても、友だちが収容者に会うことは叶わないだろう。

「美月はすごく気の弱い子だから……まさか本当に殺すなんて思わなくて」

一瞬、葵の言葉に耳を疑った。

気の弱い子という表現は、現在の美月の姿とそぐわない。どちらかといえば、はっきり物を言うタイプだ。学校では本来の姿を隠し、大人しく振る舞っていたのだろうか——。

「美月さんとは、中学に入学してから友だちになったのかな」

「小学校三年の頃から、ずっと同じクラスでした」

長い付き合いの友だちに、自分の素の姿を隠し続けるのは難しい。ましてや、それが子どもなら尚更だ。おそらく、美月が気弱なタイプだったというのは真実なのだろう。

何かきっかけとなる出来事があり、彼女は変貌したのだろうか。人格を変えてしまうほどの出来事とはどのようなものか想像もつかなかった。

「去年、葵さんは、八坂弁護士に会って、美月さんについていろいろ話してくれたんだよね」

「え？　あ、はい。話しました」

彼女の顔に動揺が走り、わずかに肩が強張ったように見えた。その反応に不穏なものを感じて、私は慎重に言葉を発した。

「八坂弁護士から中学のクラス内で虐めが起きていたという話を聞いたんだけど、もう一度、当時の状況を詳しく教えてもらえるかな」

葵によれば、虐めを受けていたのは三人。やはり、ショウから聞いた話と一致している。おかしな点も見受けられなかったが、私はどうしても気がかりなことがあり、質問を続けた。

「さっき、『いつも励ましてくれた』と言っていたけど、美月さんはどんなふうに励ましてくれたのかな」

葵はさっと目をそらし、テーブルの上に置いてあるスマートフォンに触れた。まるでお守りのように強く握りしめている。その仕草に確信に近い予感に駆られた。

昨日、ショウに「美月さんはどんなふうに励ましてくれたの」と尋ねたとき、彼は八坂弁護士の顔を窺うように見て、視線を左右に走らせた。その動きに不審なものを感じていたのだ。

私は逸る気持ちを抑え、意識的に柔らかい声で訊いた。

「何か知っていることがあるなら、正直に教えてほしい」

葵は身を硬くし、握っているスマートフォンを自分のほうに引き寄せた。隠し事があるのではないかと邪推したくなる仕草だ。

私は懇願するように言葉を発した。

「その他にも、美月さんの優しいところをたくさん教えてもらえませんか」

葵は弾かれたように顔を上げた。メガネの奥の丸い目に涙が溜まっていく。

「大人たちはみんな美月の悪口ばかり言って……そんな子じゃないのに」

「美月さんが不利になるような行動はしたくないと思っているの。葵さんが黙っていてほしい内容があれば、外部の人間には話さない。なぜなら、私は警察や施設の職員ではないから。彼女を罰することも、評価することもしない」

「それなら、八坂弁護士にも言わないでもらえますか」

彼は加害者側の弁護人だ。美月に不利になるような振る舞いはしない。

高校生の葵は、弁護士の役割をしっかり理解しているはずだ。それがなぜ八坂弁護士を避けるようなことを言うのか疑問に感じた。

「葵さんがそう言うなら、八坂弁護士には話さないと約束する」

彼女は逡巡するように黙り込んだ後、覚悟を決めたのか、強い眼差しを向けてきた。

「高校受験も間近だったし……弁護士に話したら警察や教師に連絡され、美月の罪が重くなるかもしれないと考えて言えなかった。私たちも罰せられるかもしれないと思ったら……怖くて話せませんでした」

「心配しないで、八坂弁護士は急な仕事が入って、ここには来られないから」

そう説明すると、葵の顔から緊張の色が消えていく。

「マリアのことが嫌いなクラスメイトは、ゲームアプリで彼女を殺していたんです」

「ゲームアプリ？」

「美月が見つけてきてくれた、『報復ゲーム』というものです。3DCGのキャラクターに嫌いな子の名前をつけて、傷ついた言葉の文字数だけナイフで刺していくんです。一万回刺されたら、呪い殺されるというゲームです」

詳しく話を聞くと、放課後、穂村マリアのことが嫌いなクラスメイトたちは、使われていない部室に集合し、報復ゲームで復讐していたようだ。傷つけられた言葉の数だけ、『マリア』と名付けたキャラクターの胸を刺して遊んでいたという。『死んで』という言葉を言われた人は三回刺す。『ブサイク』と言われた子は、四回刺す。まるで呪いを込めて藁人形に五寸釘を打ち込むような行為だ。それを中学生の子どもたちがやっていたと思うと、背筋が寒くなる。もしかしたら虐めから解放される方法を見つけられず、縋るような気持ちでゲームを始めたのかもしれない。

葵は目を伏せたまま言った。

「ネット上では、本当に一万回刺したら相手が呪われて、事故死や病死をしたという噂が流れていました。私たちはそれを信じていたから、教室で傷つく言葉を言われても我慢できたんです。だって、マリアが私たちを言葉で傷つけるほど、自分が死に近づくだけだから」

美月は、心の底では単なるゲームだと理解していたはずだ。それでも、虐めの被害者の気持ちが少しでも軽くなる方法を模索し、報復ゲームを教えたのだろう。

葵はこちらの心を見透かしたのか、強い口調で言葉を放った。

「あれは、ただの噂ではなかったんです。呪いは本当だった」

彼女の顔は青ざめ、唇は微かに震えている。

私は内心の驚きを気取られないように、穏やかに訊いた。

「なぜ呪いは本当だったとわかったの?」

「事件の前日、美月は……マリアからひどい言葉をたくさん言われたみたいで、キャラクターの胸を何度も刺し、ちょうど一万回達成したんです。思い返すと、美月は人が変わったみたいになっていて……」

葵は泣き出しそうな顔で続けた。「もしかしたら、あのゲームは相手を呪い殺すだけでなく、実行しているほうも呪われるものだったのかもしれません」

穂村マリアが殺害されたのは、本当に報復ゲームの効果だと思っているのだろうか——。

大人ならば、馬鹿げた話だと笑い飛ばすだろう。けれど、当時、彼女たちはまだ中学生だったのだ。恐怖心を抱いてしまうのも無理はない。しかし、穂村マリアは呪い殺されたのではなく、クラスメイトの手で殺害されたのだ。

葵は浅い呼吸を繰り返しながら言葉を絞り出した。

「マリアが殺されてから、他のクラスでも虐めはなくなりました」

「それは事件の影響？」

「違います。報復ゲームの影響です。生徒の間で、密かにゲームのことが噂になっていたんです。このまま虐めを続けたら、次に呪い殺されるのは自分かもしれないと感じたみたいで、威圧的な態度を取っていた生徒たちは大人しくなり、虐めをしなくなりました」

教師や大人たちが、どれほど心を尽くして警告しても終わらない虐め。一時的なものかもしれないが、皮肉にも報復ゲームが虐めを防いだ結果になったようだ。

葵は懺悔するように顔を伏せて言葉を吐き出した。

「ゲームのことを言えなかったのは保身もあります。でも、それだけじゃなくて、美月が、事件前からマリアに殺意を持っていたと思われたくなくて……、裁判で不利になる気がしたから、みんなでゲームのことは秘密にしようと約束したんです」

だからショウも口を割らなかったのだろう。私は靄に包まれている視界をクリアにするため、別の疑問を口にした。

「美月さんは、何か家族について悩んでいなかったかな」

「中学一年の頃、美月のお母さんの病気が見つかって、私たちはふたりで神社や教会巡りをしたんです」

「神社や教会巡り？」

「色々な神様にお母さんの病気を治してください、ってお願いして回ったんです。がんばったんだけど、願いは届かなくて……亡くなってしまった。美月はお母さんが大好きだったから、とても落ち込んでいました」

「お父さんとの関係は？」

「お母さんが入院しているとき、美月はひとりで電車に乗って、何度も病院にお見舞いに行っていたけど、お父さんはあまり行かなかったみたいで、とても怒っていました」

「お母さんを亡くした後、美月さんは何か後悔している様子はなかった？」

「美月はとても頭のいい子なんです。でも、中学受験の日、体調が悪かったみたいで失敗してしまったんです。不合格になった後、お父さんが『お前の教育方法が間違っていた』って、お母さんに強く怒ったみたいで……美月は自分のせいだって、泣いていました」

この話は、家政婦の真弓の話とも一致する。私は胸にある疑問を尋ねた。

「美月さんが、穂村さんに虐められているところを見たことはある？」

「たまに悪口を言われていたけど、ひどい虐めはありませんでした。マリアは、いつも美月からノートを借りて宿題を写していたから。彼女は自分にとって利益になる相手には、あまり悪いことはしなかったんです」

こちらは小宮ショウの話と同じだ。質問を続けた。

「事件の前日、美月さんの教科書がゴミ箱に捨てられていたという出来事を知ってる？」

「私が知らないだけかもしれないけど、そういうことはなかったと思います」

葵は「でも……」とつぶやき、しばらく考えてから思いついたように口を開いた。

「去年の秋に授業参観があったんです。終わった後、美月とふたりで廊下を歩いているとき、マリアから『美月の新しいお母さん最高。すごく若くて綺麗。前のお母さんは貧相だったじゃん』って声をかけられたんです。あのとき、一瞬、美月の顔が歪んだように見えた。でも、その後すぐに笑顔で「ありがとう」って返していたから、新しいお母さんの容姿を褒められて嬉しかったのかなと思ったんです」

葵は目を伏せて言葉を継いだ。「当時は気づけなかったけど……私のお母さんが入院したとき、あれはひどい言葉だったんじゃないかって気づいた。美月の本当のお母さんは病気で痩せていたのに、新しい母親と比べるのはひどいと思いました」

「授業参観があったのは、いつ頃？」

「十月です」

「正確な日にちはわかるかな」

葵はスマートフォンを手に取ると、去年のカレンダーを表示した。

「十月最後の週の月曜日だったので、十月二十五日だったと思います。みんなで月曜日、学校を休みたいと話していたので覚えています」

授業参観日は十月二十五日。事件が起きたのは、翌日の二十六日だ。

穂村マリアから実母を傷つけられ、激しい殺意を抱いた美月は、翌日包丁を持って登校し、犯行に及んだ。それが本当の犯行動機なら、なぜ少年審判のときにそう話さなかったのだろう。殺人は許されないことだが、動機の内容によっては加害者に同情の目が集まり、処分の決定に有利に働くケースもある。しかも、幾度も犯行動機を変える必要もないはずだ。

推測という小舟で大海原を漂っても、真実の島は一向に見えてこない。

私はノートを開き、ショウから聞いた内容をゆっくり言葉にした。

「美月さんは包丁で刺した後、ふらふらした足取りでベランダのほうに歩いていき、空を見上げていた」

「そうです。心配になって『美月』って声をかけたら、彼女は立ち止まって、少しだけ微笑んだんです」

「どうして心配になったの？」

「事件の前日、美月から『もういらないから、私がやってあげる』って言われたんです。あのとき、教室のベランダ側の窓が開いていたから……飛び降りてしまうような気がして」

葵は肩をすぼめて目を伏せた。「もっと早く、いろいろ気づいてあげればよかった」

これまで面接で交わした言葉が洪水のように頭になだれ込んでくる。

――自分の命と引き換えに、誰かを殺す。それなら許されますか。平等に、ひとつの命を消し、もうひとつの命も消す。

――この世界に、お母さんが嫌いな人なんていいるんですか。

――後悔していることはありますか。

――白石先生と父、ふたりだけで本当の犯行動機を見つけてください。

――人間って、そんなに単純な生き物ではないからです。たくさん質問され、色々考えているうちに変わってしまったのかもしれません。

——最も悪い人間は、加害者です。世間の人たちは、次に悪い人間は誰だと責めていますか。

——吐き出した暴言の数だけ、人は傷つくべきなんです。

彼女の声が胸に舞い戻るたび、行く手を阻んでいた高い壁が勢いよく崩れていく。視界を遮っていた先入観という名の壁が崩落し、曖昧という砂煙が静まると、ひとつの残酷な光景が見えてくる。

なぜ犯行動機を幾度も変えたのか——。

その真相を突き止めたとき、どの感情よりも先に哀しみが姿を現した。けれど、胸の奥底に隠していた憎しみを塗り替えることはできない。ひとりの女性の泣き顔をなかったものにはできないからだ。

面接ノートを読み返すと、目の奥が疼き始めた。

つかんだ真相を伝えなければならない相手がいる。私が向き合うべきなのはノートではない。この世界を必死に生きている、人間たちなのだ。

たくさんの言葉を心に刻み、もう必要のないノートを静かに閉じた。

*

風に煽られ、頭上でケヤキの枝葉がざわめくように揺れている。

空を振り仰ぐと、分厚い灰色の雲が垂れ込めていた。

今にも雨が降り出しそうな中、機械的に足を前へ動かしていく。

まっすぐ延びる並木道は、まるで空を真似るように、陰気な雰囲気に包まれている。この道は終焉に続いている気がして、先刻から少しも心が休まらなかった。

面接の時間が差し迫っているのに何もかも投げ出し、ケヤキの下にあるベンチで長い休息を取りたくなる。立ち止まりたくなる衝動にどうにか抗って、足を進めていく。

私は道を左に折れ、塀に囲まれた敷地内に足を踏み入れた。

辺りに目をやってみるも、どこにも人影は見当たらない。二階建ての建物が、敷地の奥にひっそりと佇んでいるだけだった。私の内心を見透かしたのか、見慣れているはずの施設が、今日はどこかよそよそしい雰囲気を醸し出しているように映った。

正面玄関から中に入ると、鞄から入館証を取り出し、受付窓口に提示した。

「篤志面接委員の白石結実子さんですね」

いつものやり取りを終え、職員と一緒に鍵のかかったドアを通り抜け、廊下を歩いていく。無言のまま、遅れをとらないように、ひたすら前へ進んだ。

教務課に立ち寄ってから、私はいつもの面接室でひとり静かに美月を待っていた。

室内には壁掛時計の秒針が刻む音だけが響いている。幻聴のような微かな音。寝不足のせいか、気を抜くと瞼が重くなり、視界がぼやけていく。

机の上に並んでいる原稿用紙と鉛筆をぼんやり見下ろした。いつまでたっても出番の来ない文房具は、どことなく不満そうに横たわっている。

原稿用紙の表紙を捲り、幾度も目にした文字を改めて読み返す。

〈私の本当の犯行動機を見つけてください〉

癖のない美しい文字。一文字ずつ、指を這わせて触れていく。まるで文字に感情が宿っているかのように指先が熱を帯び、痺れてくる感覚がする。

絡みつく感情を振り払うようにページを捲り、まっさらな原稿用紙を開いた。

一生に一度、誰もが一作は物語を創れるという話を聞いたことがある。もしも自分が書くなら、この物語の結末をどうするだろう。

「白石先生、こんにちは」

ドアが開くと同時に、芝居がかった声が耳朶に触れた。

私は頬に笑みを刻みながら立ち上がり、法務教官と美月に向き合った。

収容者が着席するのを見届けた後、法務教官は「それでは、よろしくお願いします」と言い、部屋を出ていく。

ふたりだけの空間。午後のこの時間を、穏やかな気持ちで迎えるのは初めてだった。

美月も肩の力を抜き、リラックスした雰囲気で窓の外を眺めている。

これまで何度も目にしてきた横顔。彼女の心を知ることだけに心血を注ぎ、夢中で真実を追い求めた日々が思い起こされる。

雨粒が窓にぶつかる音が響く頃、私は率直な疑問を投げてみた。

「あなたは、人の命を奪ってしまった。後悔の感情は芽生えた？」

美月は正面に顔を戻すと、感情の宿らない瞳をこちらに向け、口元に薄い笑みを忍ばせた。

「後悔はしていません」

「どうして」

「私は悪い人間を殺しただけですから」

「その善悪は誰が決めた基準？」

「クラスメイトです」

「穂村さんのことを好意的に思っていた人もいたはずよ」

「でも、ほとんどの人は嫌っていました」

「つまり、善悪の判断は多数決なのね」

「別に無差別テロを起こしたわけではありません。みんな『どうせやるなら恨んでいる相手を殺せばいいのに』って言うじゃないですか。だから恨んでいる相手を殺しただけです」

他人事のように言う態度がおかしくて、無意識に笑みがこぼれた。

「あなたの犯行動機が判明した」

その言葉に呼応するように、美月の表情が華やいだ。鮮やかに咲いた華は、憎悪の匂いを撒き散らしている。

数秒、沈黙を挟んでから、私は頭の中で構築した結論を口にした。

「穂村さんを殺害したのは、父親に復讐したいと思ったから」

「なぜ復讐したかったのでしょうか」

堂々たる態度で、彼女は試すように先を促してくる。

挑戦的な眼差しを受けとめながら、私は知り得た真相を言葉にした。

「生前、あなたのお母さんは、娘に何かあるたび、お父さんから『お前が悪い』と責められた。

母親の傷つく姿を見るたび、あなたの胸はひどく痛んだ。だから父親が勧めた中学受験に合格できるよう勉強に励んだ。けれど、結果は不合格。また父親から罵倒される母親の姿を見ることになった」

「どうして大人って、いつも誰かの責任にしたがるんでしょうね」

「大人だけではないと思う。子どもも同じ」

反論するような言葉に、美月の表情がわずかに険しくなる。

相手から放たれる嫌悪に気づかないふりをして、私は話を続けた。

「以前から父親の態度に疑問と怒りを覚えていたあなたは、ある復讐を思いついた。母親の死後、子どもが大きな過ちを犯したとき、その責任は養育者の父親に向けられる。父親に自らの責任を実感させるために犯行に及んだ」

美月はこくりとうなずいてから、弾むような声を上げた。

「正解です。それを父に伝えてもらえませんか」

「なぜ自分で言わないの？」

「娘が言っても、あの人はただの反抗期だと受け取ります。本当は自分で気づいてほしかった。でも能力がないようなので諦めました」

「本当に大切なことは、自分の口で伝えなさい」

「冷たいですね」

「篤志面接委員は、あなたの下僕ではないから」

「今日の白石先生、ちょっと怖いですよ」

相変わらず余裕のある態度に、軽い苛立ちが込み上げてくる。私は小さく息を吐き出してから言った。

「もうひとつ、あなたは本当の犯行動機を隠している」

「もうひとつ？」美月は白々しく首をひねった。

「本当の犯行動機は、穂村さんから投げられた言葉」

彼女の瞳が揺れ、動揺しているのがはっきりと見て取れた。呼吸がわずかに速まっている。私は厳しい口調で切り込んだ。

「事件前日、穂村さんからある言葉を投げられ、あなたの理性は弾け飛んだ」

「その話、やめてもらえませんか」

「自分の聞きたくないことに耳を塞ぐのはよくないわね」

「やめて」

「穂村さんは、あなたに何度も『やめて』と訴えた。でも、あなたは聞き入れず、彼女を包丁で刺した。それも四回も。事件の前日、彼女から『美月の新しいお母さん最高。すごく若くて綺麗。前のお母さんは貧相だったじゃん』、そう実の母親を侮辱された」

美月の目に狂気がこもる。薄い唇と小さな顎が、小刻みに痙攣していた。

私は怯むことなく、次の真実を放った。

「あなたは虐められているクラスメイトのために四回刺したわけじゃない」

「やめてください、ってお願いしました」

「本当の動機を見つけてほしいと依頼したのは、あなたよ。自分の言葉に責任を持ちなさい」

私は笑みを浮かべながら言葉を継いだ。「ヒンソウという言葉に怒りを覚えたあなたは、被害者の胸を四回刺した。まるで報復ゲームで恨んでいる相手を刺すように」

報復ゲームは、傷ついた言葉の文字数だけナイフで相手を刺すゲームだ。それを現実の世界で実行したのだろう。

「審判のとき真実を口にしなかったのは、大好きな実母が『貧相』だと言われた事実を、世間に公表したくなかったから。マスコミに報道され、母を晒し者にしたくなかった。だから事前に動機を準備した。でも、警察に追及されるたび、ほころびが出て、辻褄を合わすために新たな動機を考えて口にした。真の動機を隠すために」

「白石先生は、私を虐めたいんですか」

「あなたは加害者。被害者のふりをするのはやめなさい」

私は冷たく突き放すと、いちばん知りたかった疑問を投げつけた。

「事件の前日、小説投稿サイト『メザソウ』に掲載した言葉を覚えてる？『第四十八回シルバーフィッシュ文学賞、最終選考で落選。哀しいので明日、人を殺します』、その動機は嘘だったのね」

「もしそうだとしたら、何か罪になるんですか」

「誰かの不幸は、常にそんな短絡的な思考から始まる」

「意味不明です」美月は鼻で笑った。

「シルバーフィッシュ文学賞の受賞者の青村信吾は、あなたの嘘のせいで、とても苦しい終焉を迎えることになった。ネット上で、あなたの作品を支持する者が多く現れ、コネで受賞したのではないかという論争が巻き起こった」

「そんなの……私とは関係ないじゃないですか」

「もっと客観的に自分を観察できる子だと期待していたけど、自分の行動が周りにどういう影響を与えるのか理解できないみたいね。あなたのついた嘘を利用し、彼を追い詰めた人間たちがいる。本当に関係ないと思う？」

「私の周りでも小説を読む人なんてほとんどいない。今回の受賞者は話題になってからデビューできるんだから最高じゃないですか」

ウォークインクローゼットの下に倒れている青村の姿が網膜に浮かぶ。頭の中で熱が弾けた。

私はまっすぐ彼女の目を見据えながら声を押し出した。

「あなたが殺したのは、ひとりじゃない。クラスメイトの多くが恨んでいた人物だけでもない。小説家になるのを夢見て、懸命にがんばっていた人間を自死にまで追い詰めた」

「自死って……何を言ってるんですか」彼女の唇はわなないている。

「青村信吾は、小説投稿サイトに掲載されたあなたの犯行動機を信じた。自分が受賞したせいで、あなたが犯罪に手を染めたのが事実なら、自分には本を刊行する資格はないと考え、苦しんでいた」

「馬鹿みたい。そんなことくらいで死ぬなんて。関係ないのに」

「関係ないのに、苦しんでしまう優しさが彼にはあった。青村信吾は人の苦しみや哀しみを汲み取れる作家だったと私は思っている」

「白石先生、感情的にならないでください。これは私の面接です。関係ない人の話をするのはやめて」

言葉とは裏腹に、美月の手は小刻みに震え出している。

私は彼女の退路を塞ぐように言った。

「瓜二つ。すべての責任を妻に押し付けて逃げる。あなたのお父さんにそっくりね」

「違う！　私は違います」彼女は初めて声を荒らげた。

「暴言を吐いたクラスメイトが悪い。ネット上で叩かれたくらいで自死した人間が悪い。娘の気持ちに寄り添えない父親が悪い」

彼女の眼光は鋭くなり、頰が痙攣している。

「一回目の面接のとき、あなたは『大人はいつも正解を隠す』と言っていた。だから正直に教えてあげる」

美月は何も聞きたくないのか、視線をそらしたが、私はかまわず続けた。

「お母さんを殺したのは、お父さんでも、新しいお母さんでも、穂村さんでもない。あなたの大切な人の命を奪った犯人は、病気よ。どうしても誰かを憎みたいなら、病を治せない人間の無能さを憎みなさい」

美月は口を真一文字に結び、血走った目でこちらを睨みつけてくる。

鋭い視線に笑みを返すと、私は鉛筆を左手でつかんだ。

「特別に秘密を教えてあげる。この鉛筆は皮膚や肉を切り裂くナイフに変わる」

私が勢いよく椅子から立ち上がると、華奢な肩がびくりと揺れた。

彼女に鉛筆の切っ先を向けながら、ゆっくり近づいていく。

美月は鋭利なナイフを向けられたかのように、肩を強張らせて凍りついている。

「先生……頭がおかしいんじゃない」

「頭がおかしい？　この世で猟奇的になれるのは、あなただけの特権じゃない。まさか知らなかったの？　世界中の人間全員が、やろうと思えばあなたと同じように人を惨殺できる。だからこそ絶対に忘れてはいけない。誰もが人を殺せるという事実を。もちろん、私も同種よ。その衝動を抑えて生きている」

鉛筆を片手に一歩ずつ、靴音を響かせて近づいていく。彼女は目を見開き、唇を震わせて身を硬くしている。

「自分は選ばれた、特別な人間。自分だけが他人の生殺与奪の権を握っているなんて思わないでね。他人は常にまともで善人だと考えてはダメよ。身を滅ぼしてしまうから」

「やめて……」

「どうして？　この施設で面接をする理由は、小説の書き方を教えるため。そろそろ授業を始めないと。心を鎮め、目を凝らさなければ相手の気持ちは見えてこない」

美月の眼前に立つと、彼女は身を引いて大きく目を見開いた。

私は右腕を伸ばし、綺麗な黒髪に触れた。耳、頬、首に手を這わせると、つるりとした額に汗が浮き出てくる。こちらを見上げている瞳に警戒の色が宿っていた。

美月は瞬きひとつせず、言葉を吐き出した。

「あなたは……誰なの？」

笑みを浮かべ、美月の細い首を撫でる。彼女の喉仏が上下し、顔が焦燥に染まっていく。

恐怖を湛えた瞳を覗き込むと、私は穏やかな声音で尋ねた。

「ねぇ、人の命は平等ではないんでしょ？　それを口にする人間は、平等に扱われなくても文句は言えないのよ。そんな世の中、怖くない？」

「施設の先生たちに言いつけますよ。法務教官の先生から聞きました。篤志面接委員は、相手を傷つけるような態度は控えなければならない。相手の尊厳を守らなければ――」

「都合のいいときだけ、道徳規範を口にするのはやめましょうね。安全に生きるためのルールを先に破ったのは誰？　あなたも、ある日突然誰かに刺される恐怖を経験しなければならない。それに、この世界には死んでもいい人間がいるんでしょ？　それなら仕方ないわよね。自分の言葉に責任を持ちなさい」

「ここに来たのは……復讐するため？」

「やっと客観視できるようになったのね。想像力は大切よ」

「私を……殺すの？」

「何もかもがどうでもいい。罰を恐れなくなった人間の怖さは、あなたがいちばん理解しているはず」

会話をするのも面倒になり、固定するように顎をつかむと、鉛筆の先を透きとおる左目に向けた。眼球をぶすりと突き刺せる距離だ。薄い唇から吐き出される呼気は荒くなり、彼女は肩で息をしている。けれど、瞳は閉じなかった。

「施設を訪問するたび、あなたの中にある傲慢さ、愚かさ、弱さに気づき、どうしようもないくらい心の内を知りたいと思うようになった」

長い睫毛が痙攣するように揺れた後、彼女は黙って微笑んだ。まるで視力を失うことを恐れていないような笑みだった。

「先生が望んでいるのは、死刑？」

彼女の見開いた目から涙が溢れて頬を伝い落ちていく。私は言葉を振り絞った。

「望むものは死ではなく、更生。この先、どう生きるかは自分で決めればいい。でも、最後の面接になるかもしれないから、これだけは決して忘れないで。お母さんが病気になったのは……あなたが悪い子だったからじゃない。絶対に違う」

彼女の顔が悲哀に染まり、表情を歪めた。小さな口から、ううっ、という声がもれ、肩を震わせている。苦しそうにうめき声をもらしている姿を目に焼きつけた後、私の口から穏やかな声がもれた。

「今日の面接はこれで終わります」

まっすぐ席に戻ると、私は原稿用紙を片付け、ドアに向かって歩き始めた。

「白石先生、あれは嘘じゃない！」

ドアノブをつかんだとき、美月の訴えかけるような切迫した声が背中を叩いた。

「青村信吾の小説が好きだって言ったのは本当だから……『プラスチックスカイ』の主人公は、私にそっくりだった。だから……」

ゆっくり振り返ると、私はいつも彼女がやるように口角を少しだけ上げ、静かに笑ってみせた。

◇二〇二二年——夏

樹々に囲まれた江東区の公園。ジャングルジム、ブランコ、背の高い時計塔——。

幼い頃、ここは大切な避難所だった。学校の成績が悪かったとき、親に叱られたとき、恥ずかしい失敗をしたとき、いつもこの公園に来て、膝を抱えて大木の根方に座っていた。

あの頃は暗闇が苦手だった。けれど、空が夕陽に染まり、辺りが薄闇に包まれても怖くなかった。必ず迎えに来てくれる人がいたからだ。

木陰になっているベンチに腰を下ろすと、子どもの頃の安らぎが胸に舞い戻ってくる。

「莉子、お待たせ」

懐かしい声が降ってきて顔を上げると、珊瑚(さんご)色のワンピース姿の姉が微笑んでいた。第一声が「お待たせ」となるのは、今も昔も変わっていなかった。

姉は軽い口振りで「暑いねぇ」と言いながら隣に腰を下ろした。彼女の大きく膨らんだお腹の中には、新しい命がふたつ宿っている。私たち姉妹と同じ、一卵性双生児の女の子だ。

「結実子に謝らなければいけないことがある」

私はそう言うと腿の上に置いた手を強く握りしめ、歯を食いしばった。

今年の二月、心を塞いでいた私の部屋のドアを開けたのは、姉だった。

姉は何の予告もなく、週刊誌を片手に部屋に侵入してくると、「お腹には赤ちゃんがいる。だから乱暴なことはしないで、静かに話を聞いて」と諭すように忠告してきた。

妊娠しているという事実に驚き、言葉を失っている妹に対し、姉は静かな口調で付け加えた。

「お母さんから連絡があった。莉子が外出したとき、あなたの部屋を覗くと、中三少女刺殺事件に関するものがたくさん見つかったって」

おそらく、母が私の部屋に入ったのは、青村の母親、慶子に会いに行った日のことだろう。そう思い至った直後、姉は衝撃的な言葉を口にした。

「事件の加害者、遠野美月に会わせてあげる。少年審判で少年院送致を言い渡された加害者は、新緑女子学院に移送された」

「どうして……移送先がわかるの？」

「私が篤志面接委員として呼ばれたから」

姉は都立高校の教師を辞めた後、二年前から学舎女子学院で篤志面接委員をしていた。詳しく話を聞くと、新緑女子学院の次長から、篤志面接委員を引き受けてほしいという依頼があったようだ。

姉は手に持っていた週刊誌を掲げながら言った。

「この雑誌に、遠野美月の審判の結果とシルバーフィッシュ文学賞の受賞者が自死したという記事が載っていた。それを読んだとき、すべてが繋がった。あなたは青村信吾さんの担当編集者だったんでしょ？　だから事件について調べ、心が疲弊するほど自分はどうすべきだったのか考え続けていた」

その後、姉は篤志面接委員を一緒に引き受けてみないかと提案してきた。

私たち姉妹は、容姿も声もそっくりな一卵性双生児。同じ髪型、服装をしているときは、ときどき親でも見間違えることがあった。新緑女子学院には初めていくので、私になりすましても誰も気づかないと提案された。

たしかに、身分証明書を求められ、姉の運転免許証を提示したとしても、別人だと判別できる職員はいないだろう。けれど、素直に受け入れられない自分がいた。あれほど美月に会いたいと願っていたくせに、チャンスが巡ってきた途端、私は恐怖心に襲われ、怖気づいて何も返答できなかったのだ。

教員経験もない自分に、篤志面接委員が務まるはずもない。それなのに、美月の真実が知りたいという気持ちは日毎に増していく。どうすればいいのか、心はぐらぐら揺れ動いていた。そのとき、姉は手に持っている週刊誌を投げ捨てると、かつて見たこともない険しい剣幕で言葉を放った。

「暗闇の中で目を凝らしても真実は見つからない。死ぬのは、答えを見つけてからにしなさい！」

姉がドアを開けたとき、私はクローゼットのハンガーパイプに洗濯紐を結んでいる最中だった。一度は真相を探ろうと心に決めたのに、時間が経過するごとに自分には何もできないという思いが強くなり、この世界の何もかもが嫌になってしまったのだ。くずおれて泣き出した私を抱きしめながら、姉は「大丈夫、大丈夫」と背中をさすり続けてくれた。

風が背後の樹々を揺すり、夏の匂いを降り注いだ。

ふいにケヤキの並木道や中庭のシラカシが脳裏に立ち現れ、胸がしめつけられたように疼き始める。記憶を消したくて瞼を閉じても、鮮やかな新緑は色味を増すばかりだった。

私は深呼吸を繰り返し、懺悔するように口を開いた。

「青村さんは遺書に『僕の作品が受賞したせいで事件が起きたなら、プラスチックスカイを刊行する資格はありません』と書き残して自死した。だから、本を刊行するためにも真相が知りたくて、篤志面接委員をやらせてほしいとお願いしたのに……私は取り返しのつかないことをしてしまった」

姉は愚かな告白を受け入れるようにうなずくと、生徒に話しかけるような優しい声音で訊いた。

「どんなふうに失敗してしまったの」

「美月の話はどれも信憑性のないものばかりで、最初は彼女の言葉に翻弄されてしまった」

「だから、真実を探そうとした？」

私は弱々しくうなずくと、息を吸い込んでから声を発した。

「調べた結果、本当の犯行動機は文学賞の落選が原因ではないとわかって……三ヵ月前、青村さんのお母さんにその真相を報告したら、彼女は泣き出してしまった。その姿を目にしたとき、強い苦しみが胸に溢れてきて、抑えていた感情が爆発した。理性が保てなくなって……面接のとき、遠野美月にひどい言葉を投げつけて彼女を深く傷つけた」

「篤志面接委員の資格は剝奪された？」

「今も約束の面接日に施設への訪問を続けてるけど、職員からは何も言われていない。でも、あの日以来、彼女は面接室に姿を見せなくなった。六月も、七月の面接日も……」

最初はこまめに姉と連絡を取り合っていたが、五月頃からお腹の張りや痛みが増し、体調が優れないようだったので相談するのを躊躇っていたのだ。双子を宿した姉は、単胎の妊婦に比べると早めにお腹が大きくなり、腰痛も激しく、身体への負担が増していたようだ。

姉はお腹に手を当てながら訊いた。

「美月さんが面接に来ない理由は何だと思う？」

「職員には『体調が悪くて面接に行けない』と言っているみたい」

励ますように私の背を撫でながら、姉は声を上げた。

「二回目の面接のとき、実際に彼女に会ってみて気づいたことがあった。あの子は理解が早く、物事を俯瞰的に判断できる。しかも洞察力に長けていた」

姉に一度だけ面接を代わってもらった日があった。

三月の二回目の面接日と八坂弁護士のアポイントが取れた日が重なってしまったのだ。彼は忙しい身だったので、このチャンスを逃したくなかった。

私は八坂弁護士に会い、新緑女子学院の面接は姉に任せることにした。教師だった姉に、美月のパーソナリティを確認してもらいたいという気持ちも潜んでいたのだ。

「初めて美月さんに会ったとき、『この子は莉子のことを気に入ってる』と思った」

私はハンドタオルで首筋に浮き出た汗を拭いながら否定した。

「勘違いだよ。あの子は私に心を開いていなかった」

「彼女が本気で面接をやめたいなら、すぐに職員に伝えているはずだよ。きっと美月さんは、莉子から暴言をぶつけられたことを誰にも話していないと思う」

「どうして?」

「理由はわからないけど、何か考えがあるのかもしれない。もしくは、自分でもどうしていいのかわからず、戸惑っている」

私は鞄からノートを取り出すと、面接の記録を読み返しながら言った。

「あの子が、自分の父親に復讐しようとした気持ちはよくわかる。私も父との関係は良好ではなかったから……それなのに、自分のことは棚に上げて、情けないくらい最低な篤志面接委員だった。調査を進めていくうち、遠野美月の優しさに気づいたのに、ひとつも褒めてあげられなかった」

「褒める?」

「彼女は、自分の母親が病気になったとき、神社や教会を巡って回復を願うような優しい子でもあった」

「相手が完全な悪なら楽なのに、そう思うことがあるよね。でも、人間は誰しも善悪両面を持ち合わせている。だから難しい。でも、だからこそ希望もある」

「希望?」

「学舎女子学院の篤志面接委員の依頼の話が来たとき、私は引き受けるべきかどうか悩んでいた時期があった。子どもたちに何を教えればいいのか見つけられずにいた。そのとき、莉子が言ってくれた言葉を覚えてる?」

「私は……小説の書き方を教えればいい、そう言った」

「そうだよ。莉子は『真っ白な原稿用紙は、いつも言葉にできない誰かの気持ちを受けとめてくれる。だから、悔しいこと、傷ついたこと、哀しいことがあったとき、物語を綴ればいい。感情をぶつければいい。どんな想いをぶつけても、原稿用紙はいつだって優しく包んでくれる。すべてを吐き出した後、心が澄んでいくこともある。澄んだ心で現実と向き合い、自分だけの答えを見つけて社会と向き合う準備をする。やっぱり、子どもたちに小説の書き方を教えるのがいいと思う』、そう言ってくれた」

結実子はお腹に手を当てながら苦笑した。「お兄ちゃんと私は、いつも親の顔色ばかり窺って……でも、莉子は自分らしく生きることを大切にしていた」

「お兄ちゃんと結実子は優秀だったから」

まるで美月が言いそうな質問を投げられ、返答に窮してしまう。

「本当に優秀な人間って、どんな人？」

姉は小さく息を吐き出してから言った。

「近所に住んでいたルイ君のお父さんが詐欺で捕まってから、周りの親はルイ君と遊ぶのをよく思わなくなった。それなのに、莉子は彼を誘って、いつもふたりで楽しそうに遊んでいた。どれほど叱られても」

当時、私とルイ君は小学四年だった。

ルイ君の父親は「必ず儲けられるから」と言って、近隣住民に架空の有価証券の購入を勧め、お金を振り込ませる投資詐欺を働き、最後は騙した相手と暴力沙汰になって警察に捕まったのだ。

ルイ君は周りからどれだけ悪口を言われても、ひとり静かに学校に通っていた。私は勝手に、彼は強い子だと判断していたが、それは勘違いだった。

ある日の放課後、音楽室でひとり、ルイ君が泣きながらピアノを弾いている姿を見かけたのだ。曲が終わる頃、教室に入って「一緒に帰ろう」と誘うと、ルイ君は涙を拭いて立ち上がり、「ありがとう」と頭を下げた。そんなルイ君と遊んではいけないという大人のほうが間違っていると思った。もしかしたら、兄と姉に対する嫉妬もあったのかもしれない。親はいつも兄姉ばかりを褒めそやしていた。褒められない自分は、好きなように生きてやろうと開き直っているところもあったのだ。

「私が自由に生きられたのは、親から怒られてばかりで、少しも期待されていなかったからだよ」

「倉科朝花を覚えてる?」姉は唐突に訊いた。

たしか、小学生の頃、姉と同じクラスだった少女だ。私は忌まわしい記憶を手繰り寄せながら言葉を吐き出した。

「五年生の頃、親から虐待を受けて……亡くなった朝花ちゃんのこと?」

「もしも彼女が、莉子のクラスメイトだったらよかったのに……ずっと、そう思ってた」

「同じクラスだとしても、彼女の親の暴力は止められなかった」

「たしかに、虐待は誰にも止められなかったかもしれない。それでも、莉子なら無視をしなかったと思う」

「無視?」

「朝花はクラスで虐められていたの。私は傍観者に徹して見て見ぬふりをした。だから……優秀で立派な人間なんかじゃない」

初めて耳にする話に思考が追いつかず、私は動揺を隠すように視線を落とした。記憶の中の姉は、いつだって優しい優等生だった。

姉が目を伏せたまま口を開いた。

「ごめんね。二回目の面接中、私は美月さんに自分の愚かな過去を語った。それなのに面接のノートには過去の出来事を記録できなかった」

もう一度、ノートを読み返してみると、たしかに不自然な点がある。

二回目の面接のとき、美月から「白石先生は、後悔していることはありますか」と訊かれた際、結実子が記録した内容には「私は過去の失敗談を語った」という一文しか書かれていなかった。

不自然に感じなかったのは、幼い頃から姉は同学年の子どもに比べて、運動、勉強、芸術、どの分野を取っても目を見張るものがあったからだ。そんな彼女の失敗談なんて些細なものだと決めつけていた。

「立派な姉だと思われたくて……莉子に軽蔑されたくなかった。当時、朝花の死を知ったとき、あなたはソファのクッションを殴りつけながら『どうして』って号泣していた。その姿を見て、心の底から羨ましくなった。妹はまっすぐ生きている。だからこんなにも素直に怒りを表現できるんだって実感した」

姉は薄い笑みを浮かべた。「自分を守るために傍観者に徹した私は、莉子みたいに泣く権利はなかった」

少年院の子どもたちの中には、家庭環境に問題を抱えている者も多くいる。もしかしたら結実子が篤志面接委員を引き受けた理由には、朝花の事件が影響しているのかもしれない。顔、声、仕草がほぼ同じ姉妹。相手のことを何でも知っているような気でいたけれど、これまで姉の暗部に気づけなかった。

「莉子は最後まで篤志面接委員を続けるんでしょ？」

その質問に息を吞んだ。私は拳を握りしめ、小声で返答した。

「面接に行くことしか……今はそれしかできない。結実子に迷惑をかけてしまって、ごめんなさい」

「神の采配だと感じた」

唐突な言葉に姉の横顔を見ると、彼女は沈痛な表情で口を開いた。

「教師だった頃、何百人もの生徒に出会った。でも、未だに鮮明に記憶に残っているのは、教師になる前に会った、ひとりの生徒だった。大学四年の夏、母校の高校で教育実習をしたとき、担当したクラスの中に……青村信吾さんがいた」

「知っていたよ」

姉は殴られでもしたかのように目を見張った。その顔を見つめながら、私は言葉を続けた。

「初めて青村さんに会ったとき、『勘違いかもしれませんが、信栄高校に教育実習に来たことはありませんか』って聞かれた」

「たった二週間の実習だったのに……」

「嬉しかったんだって。小説家になりたいって打ち明けたら、教育実習の先生は何の否定もせず、『いつか夢を叶えてね。青村信吾さんの小説を読むのを楽しみに待ってるから』そう言ってくれた。嬉しかったのに恥ずかしくて、ちゃんとお礼を伝えられなかったんだって」

姉は目を伏せて、苦しそうな声を吐き出した。

「莉子の気持ちがよく理解できた。私も軽々しく生徒の夢を応援したせいで、不幸に加担してしまったような気がしていたから」

「だから一緒に真相を探してくれたの？」

姉はかぶりを振ると、強い眼差しをこちらに向けた。

「あなたを救いたかった。暗闇で彷徨っている妹をどうにか外の世界へ連れ出したかった。だから無理やり篤志面接委員を勧めてしまって……謝らなければいけないのはこちらも同じ。でも、莉子は私の想いに気づいていない」

「想い？」

「覚悟を決めていた。あなたに篤志面接委員をやらせたことが明らかになって、法務省、教育関係の人間や世間からどれほど叩かれても、私は莉子が生きていてくれるほうがいい。そのためなら、どんな選択だってする。だから謝る必要はない。それに……」

姉は立ち上がると、まっすぐな熱を帯びた声色で言った。

「あなたを心から信じてた。不器用だけど、正義感が強くて、優しくて、いつも一生懸命な妹を信じてる。これからもずっと」

姉のあたたかい言葉に打たれ、心が激しく波立つ。彼女の笑顔は圧倒されるほど優しかった。だからこそ懺悔の言葉が口からこぼれた。

「信じてくれたのに、裏切って……傷つけてしまった」

「本当に傷つけたのかな。逃げずに正面から向き合っただけじゃない？　あなたは編集者として、真剣に向き合ったんだと思う」

　編集者という言葉が悔恨を呼び寄せ、胸の痛みを加速させる。

　――あの子、新人賞なんて受賞しなければよかったのに。

　青村の死後、慶子は柔らかな笑みを浮かべながらそう言った。

　よみがえる声が胸をかき乱し、後悔で全身が重くなる。自分が『プラスチックスカイ』を強く推し、青村の担当になったことで、彼の命を縮めてしまった。その思いが未だに消えずに残っている。

　逃げるように瞼を閉じると、美月の「大人の責任。誰かの責任。先生は、私の父に似てますね」という声が胸を抉った。人間は、自分に価値があると思いがちだが、自分の存在が誰かの人生に影響を与えたと考えるのは傲慢なのかもしれない。それでも――。

　背にぬくもりを感じた。姉は勇気づけるように、何度も力強く撫でてくれる。

「双子で生まれてきた理由は、あなたを暗闇から引き戻すためだったと思ってる。だから、この先どんなことがあっても、私は後悔しない。ゆっくりでいい。ゆっくり、ゆっくり、ゆっくり、生きよう」

　何度も背を撫でる姉の手――。

　美月に必要だったのは、こんなあたたかい手だったのかもしれない。

　姉は時計塔に目を向け、優しい声音で言った。

「そろそろ検診の時間だから行くね」

もうあの頃のように一緒に家に帰ることはできないのだ。そう思うと、孤独感と寂しさが胸に押し寄せてくる。公園の外へ向かって歩いていく姿を、ただ黙って見つめることしかできなかった。

ふいに、見慣れた大木の枝葉が大きく風に揺れ、姉の声が胸を強く叩いた。

――いつも一生懸命な妹を信じてる。

私は息を吸い込み、彼女の背に声をかけた。

「赤ちゃんに会えるのを楽しみにしてる。だから……だから、がんばって!」

振り返った姉の双眸は見開かれ、潤んでいく。相反するように顔には、鮮やかな笑みが広がった。

「大丈夫。任せなさい」

姉は勝ち誇った顔で軽く胸を叩いてから訊いた。「莉子、お父さんの好きなアイスを知ってる?」

突然、脈絡のない言葉を投げられ、私は黙って首を振った。

「好きなアイスは、チョコレート味。それなのに、お父さんはいつもアイスを買うとき、いちばん最初にチョコミント味の商品を探してカゴに入れていた。お兄ちゃんと買いに行ったときもそうだったらしいよ」

一瞬、耳を疑った。

家族はみんな、歯磨き粉みたいだとチョコミント味を苦手としていた。そのアイスを好んでいたのは、私ひとりだけだったのだ。

誰もいなくなった公園のベンチで肩を震わせ、泣いている自分は、幼い頃から少しも成長していない気がする。この先、再就職できるのか、普通に生きていくことができるのか、不安は尽きない。けれど、いつか自分を信じてくれる誰かのために、胸を叩いて「任せなさい」と言える強さがほしいと願った。

＊

リビングに足を踏み入れた途端、肩に掛けた鞄が床に落下して音を立てた。

ダイニングテーブルにＡ４大の封筒が置いてある。

私は白い封筒から視線を外せなくなり、その場に立ち尽くしていた。深い森で置き去りにされた幼子さながら、次にどのような行動を取ればいいのかわからなくなる。頭の中はパニック状態に陥っていた。

封筒には、見慣れたロゴマークが印刷されている。大きく翅を広げ、本の中から今にも飛び立とうとしている蝶の姿――。それは文高社のロゴマーク。無意識のうちに足に力を込めていた。

身を竦ませながら近寄って確認してみると、誤送ではなく、お届け先の欄には『小谷莉子』と書いてある。送り主は『桐ヶ谷恭一郎』だった。

会社を辞めてから半年以上も経っている。退職後、荷物は颯真がまとめて送ってきてくれた。まだ何か残っていたのだろうか――。

視線を移すと、封筒の横に置いてあるメモ用紙に気づいた。『今日はハンバーグにしようかな。

買い物に行ってきます』と書いてある。見慣れた母の筆跡だ。気づけば、私が会社を辞めてから、母は出かける前に必ずメモ書きを残すようになった。それはどれも伝えなければならないほど重要なメッセージではない。だからこそ、母のメモ用紙の中には「すぐに帰宅するから、それまで元気でいてね」という声にならない願いが込められている気がして、心配をかけてしまい、申し訳ない気持ちでいっぱいになる。

鞄と封筒を抱えると、迷いながらも廊下に出た。ゆっくり階段を上がっていく。封筒は軽いものなのに、ずっしりと重くのしかかってくるような錯覚を覚えた。

二階の自室に入ると、ドアを閉めて床に鞄を置いた。

ペン立てからハサミを抜き取り、封筒の端を切っていく。息苦しいほど心拍数が上がっていくのを感じながらも、慎重にハサミを動かす。

封筒の中には、気泡緩衝材に包まれた一冊の本が入っていた。

即座にハサミをテーブルに投げ出し、気泡緩衝材を指で破っていく。透明な繭(まゆ)から羽化するように、真新しい単行本が姿を現した。

表紙のタイトルが目に飛び込んできた瞬間、呼吸が乱れ、目の周りが熱くなる。

タイトルは——『プラスチックスカイ』。

慶子に事件の真相を伝えたのは三ヵ月前だ。もしかしたら、青村の修正原稿を出版社へ送ってくれたのかもしれない。

本の表紙には、プラスチックの青空が描かれていた。

無数の亀裂が走り、空は細かくひび割れている。砕け散った空色の破片が、雨のように地上に降り注いでいた。剝き出しの大地に、ひとり立つ少年。彼は上空に手を伸ばし、プラスチックの雨を全身で受けとめている。特殊能力を持つ少女を、最後まで見捨てず、受け入れようとした少年の優しさを表現しているようで胸が震えた。

本を強く抱きしめると、口から嗚咽がもれた。濡らさないように距離をあけたとき、本の間に何か挟まっているのに気づいた。

強張る手でページを開くと、折りたたまれた便箋が出てくる。

小谷莉子さま

お久しぶりです。お元気ですか、そう書くのはどこか白々しくて胸が苦しくなります。

三ヵ月前、青村信吾さんの母親が、パソコンに保存されていた『プラスチックスカイ』の修正原稿をメールで送信してくれました。

原稿を目にしたとき、沸き立つ感動と同時に、やるせなさに胸が塞がれました。

青村信吾さんは、苦しみの中を彷徨いながらも、作品を仕上げていたのです。

すべて読み終えたとき、この本を担当した編集者に送らなければならないと強く感じました。

謝罪しなければならないことがあります。

わたしは、あなたの教育を任されていました。しっかり指導できなかったことを許してほしい。

青村信吾さんの死は、わたしにも責任があると思っています。だから、いつかあなたが笑顔を見せてくれることを切に願っています。それが自分の罪を軽減できる唯一の方法だから——。

仕事も学校も命をかけるような場所ではない。最近は作家に対しても、もっと気楽に創作してほしいと思っている。けれど、うまく生きられなかった小説家、青村信吾の作品を、わたしは心から大切に思っています。

桐ヶ谷恭一郎

＊

今日は、八月の最後の面接日だった。

あの日以来、美月は一度も面接室に姿を現さなかった。私は机の上に原稿用紙と鉛筆を並べ、午後二時になるのを待ち続けた。

足音が近づいてきて、静寂を切り裂くようにノック音が響く。

期待を込めて視線を向けた後、落胆の息を静かに吐き出した。ドア付近には、今日も法務教官の姿しか見当たらない。

「白石さん、すみません。遠野美月は今日も体調が悪いようで……」

姉の苗字で呼ばれると、施設の職員を騙しているという罪悪感で苦しくなる。けれど、姉に迷惑をかけてしまうので、正直にすべてを伝えることはできず、いつも歯がゆさを感じていた。

私は椅子から立ち上がり、恐縮している法務教官に尋ねた。

「美月さんの体調は大丈夫なのでしょうか」

「医務課に連れていきましたが、特に問題はないようなので心配はいらないと思います。いつも前日に確認すると『面接したい』と答えるのに、当日になると具合が悪くなったと言い出して

「……本当にすみません」

気まずい空気が漂う中、私は重い口を開いた。

「いつものように、面接の終了時刻までここにいてもいいですか」

「ええ、それはかまいません」

法務教官が礼をして出ていくのを見届けてから、椅子に座った。

新緑女子学院を訪れるたび、美月に対して行った面接での態度を叱責される日が来るのではないかと怯えていた。けれど、その日は一向に訪れなかった。

どうして職員に真実を伝えないのか、彼女の真意は判然としないままだ。

結局、途中でやめるのも、面接を行うことも叶わず、この部屋でひとり終了時刻まで待つことしかできなかった。

美月と同じように体調が悪くなったと申し出れば、篤志面接委員をやめられるかもしれない。けれど、最後まで続けることが、せめてもの贖罪だと思っていた。

田辺次長の話によれば、最近、美月は課題の作文に取り組むようになったという。現在は教育目標も決まり、それに向けて努力を重ねているようだ。

もう会えないだろうと頭では理解しているのに、心の隅に「もしかしたら」という期待が燻っていて、この部屋から動けなくなってしまう。

最終日のせいか、壁掛時計の秒針の音は普段以上に気持ちを焦らせる。廊下から誰かの靴音が響くたび、期待に胸を膨らませ、また沈むという無意味な時間を過ごしていた。

原稿用紙の表紙を捲って、彼女の言葉を読み返した。

〈私の本当の犯行動機を見つけてください〉

初めて目にしたときは、軽い混乱に陥った。けれど、今は心が凪いでいる。

以前、田辺次長は「誰かを理解しようとする姿勢こそが、相手の気持ちをわかってあげたいと思えることこそが、愛情だからです」と話していた。

もしかしたら、美月は必死に愛を求めていたのかもしれない。

その気持ちに気づけず、私は青村に対する己の不甲斐なさを隠すために、彼女に怒りをぶつけたのだ。いや、それだけではなかった。実母を大切に想う美月の健気な姿を愛おしいと感じ、暗闇から引き上げたいと思ったのも事実だ。けれど、自分には力がなかった。

——あなたは編集者として、真剣に向き合ったんだと思う。

姉の声が耳の奥で燻っていた。

彼女の言葉は善意に満ちた解釈だ。私が美月の心に残したのは、傷だけだったのではないだろうか。一体、何をやっていたのだろう。振り返るたび、自分の愚かさに嫌気が差し、無力感に打ちのめされる。

『プラスチックスカイ』が刊行されてから一週間が過ぎた。思い切って読者の感想が載っているサイトを開くと、あたたかい言葉が並んでいた。

〈必死に生きようとしたふたりの姿を忘れない。青村さん、ありがとう〉

この世界は、幸せに満ちてはいない。けれど、もう少し、もう少しだけ、生きていてほしかった。

顔を上げると、時計の針はあと五分で面接の時間が終了することを告げていた。冷酷なほど正確に、秒針は時を刻んでいく。一秒ごとに孤独がそっと心に忍び寄ってくる。

黒い翳を振り払うように椅子から立ち上がり、私は窓の外を眺めた。

夏の陽光に照らされている、誰もいない緑の庭。ふいに、これまでの時間のすべてが、幻想だったのではないかと思えてくる。

現実の世界は、物語のような劇的な展開は望めない。虚しく時間は進み、終了の時刻を迎えた。


教務課のロッカーから荷物を取り出し、文房具類と入館証を返却した。

職員に正面玄関まで送ってもらい、礼を述べてから施設の外に出た。

午後の三時を過ぎていたが、まだ日差しは強く、じんわりと汗が浮き出てくる。

門まで続く道を、一歩一歩、踏みしめるように歩いていく。この施設には、二度と来ることはないだろう。そう思うと深い後悔と寂しさが胸に迫ってくる。

「白石さん！」

後ろから声をかけられ、振り返った。

息を切らして走ってくる田辺次長の姿が目に飛び込んでくる。

彼は目の前で立ち止まり、荒い呼吸を繰り返しながら「いやぁ、久しぶりに全力疾走しました」と笑っている。

「すみません。席を外されていたようなので、ご挨拶ができず」

「いえいえ、気になさらないでください」

田辺次長は肩で息をしながら、目の前にA４サイズの茶封筒を差し出してくる。

「遠野さんから、白石さんに渡してほしいと頼まれました」

私は現実感が伴わないまま両腕を伸ばして茶封筒を受け取った。

「どうやら、小説を書いていたようですよ」

彼の言葉に理解が追いつかず、茶封筒を開けて中を確認した。

原稿用紙が入っている。表紙の中央には大きな字で『更生』。その左下に『遠野美月』と記されていた。胸が熱くなり、感情が高ぶって文字が滲んでいく。表紙を捲ると、原稿用紙には番号が振ってある。最後のページを開く。

四百字詰め原稿用紙、ちょうど六十枚――。

彼女は約束を覚えていた。面接で交わした約束を守ってくれたのだ。そう実感したとき、激しい罪悪感が心を襲った。

「申し訳ありませんでした。私は……彼女に暴言を……」

田辺次長は何も聞こえていないかのように、懐かしそうに目を細めて言った。

「担当の法務教官が『あなたが来なくても、白石さんはいつも終了時刻まで面接室で待っている』と伝えると、遠野美月さんは静かに涙をこぼしたそうです。翌日から、彼女は原稿用紙と向き合うようになり、自由になる時間はすべて小説を書いていたようですよ」

田辺次長は嬉しそうに言葉を続けた。「今では施設の課題や作文にも、しっかり取り組んでいます」

「課題の作文……彼女はどのような内容を書いているのでしょうか」

「戻ってきた作文には、『何が悪かったのか、まだ心の底からはわかりません』という言葉が綴られていました」

胸に抱えている原稿がずっしりと重みを増し、肩を落としていた。

こちらの落胆に気づいたのか、田辺次長は「大丈夫」と鷹揚な笑みを浮かべた。

「ここに送られてくる少女たちの中には、いい子を演じる者も多くいます。反省するふりがうまい子は、スタートダッシュは優秀です。でも、ゴールまでの道のりが遠くなることもある。表面的に取り繕って、自分は悪かったと口にするよりも、理解できないことを認めて、『わからない』からスタートするほうがいいときもあります。嘘をつくよりも、よほど未来がある」

茶封筒に原稿をしまうと、私の口から本音がもれた。

「この原稿は通知表みたいで……正直、読むのが怖いです」

「怖い？」

「もしも小説が……悪い内容だったら」

田辺次長は訳知り顔でうなずいてから口を開いた。

「凶悪な少年犯罪が起きるたび、『死刑にしろ』『檻から出すな』という声が上がります。罪を犯した子どもたちに対して、恐怖心を抱いてしまう人々の感情はよく理解できる。だから、そのような人の気持ちを否定するつもりはありません。けれど、みんなで恐れを抱いているわけにはいかない。大人である誰かが彼らと向き合わなければならないんです」

田辺次長は微笑みながら言葉を継いだ。「あなたは遠くから非難という石を投げるのではなく、罪を犯した子どもたちに寄り添う道を選んでくれた。我々と一緒に肩を組んで、向き合う道を選んでくれた。どんな評価を受けても、どうか胸を張っていてください」

私が頭を下げると、彼は戸惑うような声音で言った。

「先程、『もしも小説が悪い内容だったら』とおっしゃっていましたが、この世界に悪い小説というものが存在するのでしょうか」

私は横面を叩かれた気がした。顔を上げると、田辺次長が穏やかな声で続けた。

「我々は二度と同じ過ちを繰り返さないように、再び苦しむ被害者が生まれないよう、更生や矯正を目的に子どもたちと向き合わなければなりません。真の立ち直りを目指して、育て直しをするんです。けれど矯正施設とは違い、小説の世界には、不正解はないのではないでしょうか。だからこそ、白石さんのやり方で向き合ってほしかったんです」

小説の世界には、不正解はない――。

編集者をしているときも、ずっと心は揺れ動いていた。

同僚たちは、確固たる意志を持って仕事をしている者が多かった。とにかく自分が面白いものを創りたいという者、売り上げを重要視する者、オリジナリティを大切にする者、記憶に残る物語を創りたいという者。答えのない世界に挑むときは、己の信念が必要になる。それなのに、自分はふらふら揺れ動き、いつまでも信じられるものを見つけられずにいた。

「白石さんが提示した小説のテーマは『更生』でしたね。真の更生とは、どのようなものなのか。非常に難しい課題です。それでも、彼女は向き合おうとした。どのような物語だとしても、彼女は必死に紡いだのではないでしょうか」

何を怯えていたのだろう――。

小説の課題を提示し、依頼したのは他の誰でもなく、自分自身だ。今更、怯えるなんて筋違いだ。私は茶封筒を強く抱きしめた。

田辺次長は少年のように瞳を輝かせ、腕を動かしてランニングするふりをしてみせた。

「彼女は走り出したんです。我々も息を切らしながら、行けるところまで一緒に伴走します。子どもたちは少しずつ成長していきます。道の途中、いつか職員がへたり込んだとき、成長した彼女たちが手を差し伸べてくれるときもあります。我々は諦めませんよ」

彼の言葉には、去る者の背をそっと押すような「大丈夫。後は任せなさい」という優しさが溢れていた。

両目の奥が熱を孕み、それを隠すように私は「どうか、遠野美月さんのことをよろしくお願いします」と深く頭を下げ、外へ続く道を歩き始めた。

足を踏み出すたび、面接時の記憶が舞い戻ってくる。

美月に対して恐怖心を抱き、嫌悪し、憎悪の炎を燃やし、それなのに悔しいくらい大切だと感じた気持ちに嘘はなかった。それでも、未だに答えの出せない疑問が胸に残っていた。

彼女は、本当に更生できるのだろうか——。

実際に対面し、言葉を交わし、触れても、明確な答えは見つからなかった。

おそらく、回答を得られるのは、彼女が生涯を終える日になるだろう。終焉までは、誰にも真実はわからない。けれど、ひとつだけ確かなことがある。それは、この世界には更生を信じて、子どもたちに寄り添い、今も一緒に走っている大人がいるという事実だ。

敷地を出ると、どこまでも続くような並木道の先を見つめた。

午後の光が包みこむように街路樹を照らし、成長した緑葉が輝いていた。樹々の下のベンチは、枝葉に陽光を遮られ、涼しげな表情を浮かべている。

出院した少女たちは、この道をどのような思いで進むのだろう。

私は前を向き、香り立つ緑の匂いを肺に吸い込みながら歩いた。

心地いい風が髪を撫でるように揺らす。見上げると、雲ひとつない水色の空がプラスチックに姿を変えていく。稲妻のように亀裂が走り、空が細かく砕け散り、水色の破片が大地に降り注ぐ。

プラスチックの雨に打たれ、傷つきながら、それでもこの限りある世界を生きていく。

今後、未熟な自分はどれほど努力を重ねても、子どもたちを矯正する側の人間にはなれないだろう。どこまでいっても、小説が好きなひとりの人間でしかない。けれど、彼女の想いを受けとめることはできる。

自分の見たい景色ではなく、彼女の描いた世界を眺めてみたいと心が騒ぎ出す。ざわめく枝葉の演奏を耳にしながら、まっすぐ延びる道を歩いて行く。胸に抱えた原稿を強く抱きしめた。

そのとき、スマートフォンが踊るように揺れた。

【小谷さん、時間があれば、『虹色書店』に行ってみてください】

颯真からのメッセージは、相変わらず要領を得ない内容で思わず笑みがこぼれた。

*

都内にある駅の改札を抜け、外へ出た途端、うだるような暑さに襲われた。

日はだいぶ傾いているのに、気温が下がる気配はないようだ。

私は噴き出す汗をハンドタオルで拭きながら、群衆に紛れて歩道を進んでいく。

編集者をしていた頃、幾度も目にした看板が見えてくる。退職後、心の痛みに堪えきれず、意識的に書店を避けてきた。

大きく息を吸い込む。通行人とぶつからないように書店の自動ドアを抜けた。店内に入ると涼しい風が肌を包み、汗が一気に引いていく。

次の瞬間、視界が奪われ、息を詰めて足を止めた。

正面の台には、何十冊もの単行本が積み上げられている。すべて『プラスチックスカイ』だ。

誰かが書いてくれた色とりどりのＰＯＰが並んでいた。

青村さん――。

私は何度も胸中で彼の名を呼んだ。堪えきれず嗚咽がもれた。胸の底から感謝の念が込み上げてきて、気づけば頭を深く下げ、震える両手を合わせていた。

瞼の裏に、ひび割れた空を見上げる少年の姿が鮮やかによみがえる。

『プラスチックスカイ』は、少年ココと少女ルルの物語。小説家になることを夢見ていた少年は、深い森の中にあるログハウスでひとり静かに暮らしていた。

ある日、夕闇が迫る頃、彼は森に迷い込んだルルと出会う。彼女は左手でモノや人に触れると、すべてプラスチックに変えてしまう不思議な能力を持っていた。

ほどなくしてルルは、ココが小説家になりたいという夢を抱いていることに気づき、応援したいと思うようになる。少女は少年を励まし、やがて小説は完成する。けれど、悪魔の痣を持つ少年という悪い噂が広がり、彼の作品が日の目を見る機会は訪れなかった。

ルルとココの心は次第に蝕まれていく。社会に対し不信感を募らせ、ふたりはやがてこの世界に蔓延る『理不尽な悪』をすべてプラスチックに変え、ハンマーで打ち砕いていくようになる。気に入らないものをすべて消し去り、罪を重ねるうち、ふたりは意見の相違から言い争い、仲違いしてしまう。怒りを抑えられないルルは、ココに向かって手を伸ばした。けれど、少年は一歩も動かなかった。哀しそうに涙をこぼす彼の姿を目にしたルルは、翌朝、村からそっと姿を消した。

その後、少年は罪を抱えながらも、少女が戻るのを信じて、ルルと過ごした日々を小説に綴りながら待ち続けていた。何日も、何ヵ月も、何年も——。

青村が幾度も加筆修正し、書き上げた物語のラストは、少年の言葉で締めくくられていた。

——いつか、ルルは言っていた。世界中の人間に向けて書かなくてもいい。たとえ貶されたとしてもかまわない。この世界には、ただひとりに向けて書いた物語があってもいいんだよ。

この物語を他の誰でもなく、たったひとりの大切な読者へ——。

本書は書き下ろしです。
作品内の人物・団体名はすべて架空のものです。

小林由香　こばやし・ゆか

数々のシナリオ賞受賞ののち、二〇一一年、短編「ジャッジメント」で第三三回小説推理新人賞を受賞。一六年、「サイレン」で第六九回日本推理作家協会賞短編部門候補、一七年、連作短編集『ジャッジメント』がキノベス！の第八位に選出される。著書に『罪人が祈るとき』『イノセンス』『チグリジアの雨』『まだ人を殺していません』など。

この限りある世界で

二〇二三年六月二四日　第一刷発行

著者　小林由香
発行者　箕浦克史
発行所　株式会社双葉社
〒162-8540
東京都新宿区東五軒町3-28
電話　03-5261-4818（営業部）
03-5261-4831（編集部）
http://www.futabasha.co.jp/
（双葉社の書籍・コミック・ムックが買えます）
印刷所　大日本印刷株式会社
製本所　株式会社若林製本工場
カバー印刷　株式会社大熊整美堂
DTP　株式会社ビーワークス

ISBN978-4-575-24639-1 C0093